ベリーズ文庫

冷酷元カレ救急医は
契約婚という名の激愛で囲い込む

冬野まゆ

STARTS
スターツ出版株式会社

目次

冷酷元カレ救急医は契約婚という名の激愛で囲い込む

冷酷元カレ救急医は
契約婚という名の激愛で囲い込む

プロローグ

六月。

都内にあるマンションのリビングで、香苗《かなえ》は自分と向き合って座る男性の顔を見つめた。

それに気づいて、こちらに視線を返す彼は、十年前と変わることのない存在感のある端正な顔立ちをしている。

正しくは、大人の男としての魅力が加味された分、その存在感は以前より増している。

高校生時代から、彼に憧れている女子は多かったが、優秀な救命救急の外科医として働く今、一段と女性にモテていることだろう。

そんな彼が香苗の恋人だったのは、遠い昔のことなのに……。

「これにサインをしてもらいたい」

向かいに座る彼、拓也《たくや》は、そう言ってテーブルに婚姻届を広げる。

「俺の名前をはじめ、必要な記入は済んでいる」

その言葉どおり、目の前の婚姻届には、拓也の名前の他、両者の保証人の欄も記入済みで、後は香苗が自分の名前を記入すればいつでも出せる状態となっている。

香苗が黙っていると、拓也は婚姻届の上に万年筆を置く。

そのまま黙って香苗のサインを待つ彼の表情には、この結婚を心待ちにしている雰囲気は感じられない。

(拓也さんは、私のことを恨んでいるのだから、当然だよね)

十代の香苗は、彼と共に婚姻届を書くことを夢見ていた。

だけど二十七歳になった今、自分たちが置かれている状況は、あの頃夢に描いていた状況とは大きくかけ離れていて、このまま素直にサインすることがためらわれる。

「拓也さんは、本当に私と結婚するつもりなの?」

あなたには他に心から愛している女性がいるのに……という言葉は、彼を今も愛している香苗には口にすることができない。

香苗の気持ちに気づくことなく、拓也が言う。

「十年も前に別れた君と、再会したのもなにかの縁だ。お互いの面倒事から解放されるためにも、これが一番いいんじゃないのか?」

拓也が冷めた口調で言う。ひどく淡々としている声を聞けば、彼が香苗との結婚をどう捉えているかは明白だ。

彼にとって香苗との結婚は、互いの厄介事を回避するための事務手続きにすぎないのだから。

それと、昔彼をひどく傷つけた香苗になら、こういった類いの迷惑をかけてかまわないという思いもあるのかもしれない。

なんにせよそこに、香苗が結婚という言葉に抱いていた甘やかな感情が含まれていないのは明白だ。

「別にそれにサインしたからといって、今さら俺を愛する必要はないし、君に妻としての役割を求めるつもりもない」

「わかりました」

遠回しに香苗の愛情を拒絶する彼の言葉に胸を痛めながら、覚悟を決めて万年筆を手にする。

「どちらの名字を名乗るかは、君が決めていい」

そのまま自分の名前を書き込む香苗に、拓也が付け足す。

そう声をかけられて、『婚姻後の夫婦の氏』という項目に印がつけられていないことに気づいた。

「俺より君の方が背負うものが多いのはわかっている。だから、俺は『矢崎《やざき》』をあきらめてかまわない」

一瞬手の動きを止めた香苗に、拓也が言う。

その言葉に、香苗は首を横に振り、婚姻届の『夫の氏』の方に印をつける。

それだけの作業を終えると、万年筆を置いて彼を見た。

「私があなたに嫁ぎます。ただひとつだけ条件があります」

「条件？」

それはなんだと、拓也に視線で問いかけられて、香苗は条件を口にする——。

香苗の言葉を聞いて、拓也は「なるほど。わかった」と、頷《うなず》いた。

「その件に関しては、香苗の意見を尊重させてもらうとしよう。だが俺もひとつ譲れないことがある」

「どんなことですか？」

交換条件のように彼が口にした〝譲れないこと〟というのが気にかかる。香苗が視線で問いかけると、拓也は無言で香苗の手を取る。

「拓也さんっ！」

突然のことに驚き声を跳ねさせる香苗にかまうことなく、拓也はその手の甲に口づけを落とし、そのまま上目遣いにこちらを見て言う。

「必ず俺と結婚してもらう。これだけは譲れない」

「……はい」

緊張しつつも香苗が返事をすると、拓也のまとう雰囲気が微《かす》かに変わる。

「この後ふたりで結婚指輪を買いに行こう。婚姻届を提出していなくても、君はもう俺の妻だ。そのことを忘れないでくれ」

自分に向けられるその眼差《まなざ》しに、この契約結婚への彼の強い執着が見えたような気がして香苗はなんともいえない気分にさせられた。

1・思い出の中の〝彼〟

日没直後の空が、夕日の名残で不思議な色に染まっている。

濃紺からすみれ色へとグラデーションに染まる空は、海との境界線が赤く彩られ、そこに浮かぶ雲の一部は黄金色に輝いている。

その景色にどうしようもなく胸が疼《うず》くのは、同じような空を、大事な人と見たことがあるからだ。

「懐かしい」

病室の窓から見える景色に、九重《ここのえ》香苗が呟《つぶや》く。

「なにが？」

ベッドの上で身を起こしている高齢の女性に声をかけられ、香苗は、自分が仕事中だったことを思い出す。

差し出された体温計を慌てて受け取り、バイタル表に記録する。

「すみません。懐かしい景色に見とれていました」

続いて血圧測定の準備を始める。血圧計を手にする香苗の動きに合わせて、女性は右手をベッドテーブルの上に置く。

そして測定を待つ間、不思議そうに窓の外を眺めた。

「いつもと同じ景色じゃない？」

女性は、人工股関節置換術のために二週間ほど前からこの部屋に入院している。

確かにここから見える景色は、昨日となにも変わらない。

もっと言えば、香苗が神奈川県にあるこの遠鐘病院《えんしょうびょういん》で勤務するようになって五年になるが、入職当初と比べてもたいして変化はない。

「確かにそうですね。正しくは、景色じゃなく夕日の色が……」

血圧ベルトを巻く香苗は、一瞬、窓の外に視線を向ける。

その説明で多少は納得してくれたのか、女性は柔らかな表情で夕焼けを眺める。

「マジックアワーね」

女性がポツリと呟く。

「え？」

「夫が写真を撮るのが趣味で、昔教えてくれたのよ。日没後のこういう空の色を、そう呼ぶらしいわ。世界が淡い光に照らされて、すごく綺麗な写真が撮れる特別な時間なんですって」

女性はそう説明して、窓の外を眺める。

懐かしげなその表情を見るに、もしかしたら彼女にも、大事な人と一緒にこんな夕暮れを眺めた思い出があるのかもしれない。

「素敵な言葉ですね」

「マジックアワーは、一瞬だけの奇跡的な美しい時間だから、大事にしなきゃいけないって、夫がよく言っていたわ」

「一瞬だけの奇跡的な時間……」

香苗は、女性のバイタルチェックを続けながら過去を振り返る。

香苗にとって、高校一年生の春から冬にかけて大好きな〝彼〟と過ごした日々は、それこそ奇跡のように光り輝いた美しい時間だった。

そしてその愛おしい時間を、香苗は自分の意思で手放したのだ。

「……はい。血圧も変わりないですね」

つとめて明るい声で女性に話しかけることで、香苗はどうにか過去の思い出を振りきる。

「そうそう、九重さん」

香苗が血圧計の腕帯を片づけていると、女性がこちらに少し身をひねって言う。

「先日見舞いに来ていた私の孫のことは覚えているかしら？」

その言葉に、香苗は記憶を巡らせて、先週末、彼女を見舞っていた背の高い男性の姿を思い出す。

タレ目気味で、温和な印象を与える顔立ちをしていた。年齢は、二十七歳の香苗より少し年上という印象を受けた。

「はい。背の高い優しそうな方ですよね」

香苗の返事に、女性はうれしそうに頷く。

（きっと自慢のお孫さんなのね）

そんなことを思っていると、女性が「九重さんにどうかしら？」と続ける。

「はい？」

言葉の意味がわからず香苗が目を丸くしていると、女性が言う。

「祖母の私が言うのも変だけど、優しくてすごくいい子なの。仕事もね――」

そのまま女性が都銀の名前を口にするのを聞いて、香苗は『どうかしら？』の意味を理解した。

「すみません。患者様のご家族と個人的に親しくするのは禁じられていますので」

手をバタバタさせて言葉を遮る香苗の姿に、女性は残念そうに肩を落とす。

「でも、本当にいい子なのよ、九重さんも美人で優しい女性だし、ウチの孫とお似合いだと思うのよ」

「すみません。それに私は、結婚はせずに、仕事に人生を捧げるつもりなんです」

香苗のその言葉に、女性は「ウチの孫、女性が働くことに協力的だと思うわよ」と言うが、そういうことではないのだ。

香苗は、もう一生分の恋をした。そして、その相手以外の誰かと結婚したいとは思えないだけなのだ。

静岡でも有名な総合病院を営む香苗の父親も、ひとり娘である香苗には、できれば優秀な医師を婿に迎えてほしいと望んでいる。母親だって、娘の結婚を心待ちにしてくれている。

そんな両親の期待を裏切るようで申し訳ないのだけど、別れて十年以上の時間が過ぎた今も〝彼〟を想う気持ちが色褪《いろあ》せることはないのだから仕方ない。

別れを告げたのは自分の方だというのに、今も、そしてこの先も〝彼〟を想う気持ちが消えることはないのだ。

もっとも香苗が〝彼〟と交際していた当時、香苗の父はふたりの交際に強く反対していたので、そのまま交際を続けていても手放しの祝福を受けることはできなかったのかもしれないけど。

交際していた頃、香苗を家まで送ってくれた〝彼〟に、香苗の父が頭ごなしに『君と娘では育った環境が違いすぎる。悪いが君は娘にふさわしくない』と糾弾してきたのは、今も香苗の中に苦い記憶として残っている。

その時の〝彼〟は、香苗の父親の失礼な言動に気分を害することなく、香苗に『お父さんが反対しても、俺を信じて待っていて』と言ってくれたのだ。

今は駄目でも、必ず香苗の父親にも認めてもらえるような大人になるからと。そのためにもまずは医大に合格しないといけないと〝彼〟は話していた。

そして香苗の父がふたりの関係を認めてくれたら結婚しようと言ってくれたのだ。大人から見ればおままごとのようなプロポーズかもしれないけど、香苗は胸を熱くしてふたりの未来を夢見た。

それでも香苗が別れを告げたのは、彼を想ってのことだ。

(どうか拓也君が幸せでありますように)

別れてから何度となく繰り返す祈りを胸に、香苗は仕事を続けた。


うす暗い室内に響くリズミカルな電子音に、香苗は布団から腕を伸ばしてスマートフォンのアラームを止めた。

何気なく頬に触れて、自分が泣いていたことに気づいた。

その理由はわかっている。鮮やかな夕日を、大好きだった〝彼〟と一緒に見る夢を見ていたせいだろう。

夢の名残が体に巻きついているようで、すぐには動きだす気になれない。

香苗はそのまま布団の中で、過去に思いをはせる。

まだ半分寝ぼけた思考は、香苗が普段目を向けないようにしている古い記憶を鮮明に再生していく。

＊＊＊

高校一年生の冬、香苗は恋人である矢崎拓也に頭を下げた。

「ごめんなさい。私やっぱり、拓也君のことが重いかも」

顔を上げると、松葉杖をつく姿勢で向き合っていた彼は、硬い表情で動きを止めていた。

呼吸のしかたを忘れてしまったのではないかと心配になるほど微動だにしなかった

彼が、長い沈黙の後で声を絞り出す。

「……それって、俺と別れたいってこと？」

香苗にはどうしても発することのできなかった『別れ』という言葉を、拓也はさらりと口にする。

そのことに胸を痛めつつ、香苗は小さく頷く。

そして自分の嘘を見破られないよう、もっともらしい嘘を並べていく。

「リハビリと勉強ばかりで、普通のデートができないから、拓也君と一緒にいても楽しくない。……もっと普通の恋愛がしたいなって思って。実はもう、他に気になる男子がいるの」

香苗の二学年上の拓也は、とある事故で左脚を粉砕骨折し、その事故から一年以上経った後も、受験勉強の傍らリハビリを続けている。

彼は医大を目指しているのだけど、塾に通う経済的な余裕がないため、独学で励んでいる中、リハビリを続けるのがどれだけ大変なことか。

（本当は、そんな拓也君を支えたい）

でもそれは、香苗の自己満足にすぎないのだ。

ある人にその事実を思い知らされたから、香苗はひたすら文句を言う。

でもそんなの全部嘘。

拓也と一緒にいられるだけで幸せなのだから、リハビリに付き合うことに不満なんかなかったし、彼以外の誰かを好きになるなんてありえない。

そう思っているのに、拓也に嫌われるために一生懸命嘘を並べていくのは、彼が香苗のせいで苦しんでいると聞かされたから。

(だけどもし拓也君が『別れたくない』って、言ってくれたら……)

彼がつらいことがあっても香苗と一緒にいたいと言ってくれるのであれば、自分はどんなことだってするのに。

そんな思いを胸に、「ごめんなさい」と頭を下げた香苗は、そのままの姿勢で彼の言葉を待った。

「わかった」

頭上から降ってきた彼の言葉に、香苗は拳を握りしめて涙をこらえる。

顔を上げると、拓也は感情の読み取れない顔で言う。

「香苗がそうしたいなら別れよう」

拓也の見せた反応に、香苗は今さらながらに自分の存在がどれほど彼の重荷になっていたのかを思い知る。

（だからこの選択は、間違っていないよね）

香苗は無理やり自分にそう言い聞かせ、「ありがとう」と再び頭を下げた。

＊＊＊

「バカみたい。もう十年以上も前のことなのに」

上体を起こした香苗は、頬をつたう涙を乱暴に拭った。

それでも簡単には涙を止めることができない。

拓也と別れたのは、香苗の意思だ。

それでも彼と別れた日の夢を見るたび、今でも胸が締めつけられる。

自分でも未練がましいとは思うのだけど、感情をセーブすることはできないのだから仕方ない。

それほどに自分は、今でも彼のことを愛しているのだから。

「仕事に行く準備をしよう」

グスリとはなをすすり、香苗は明るい声で言う。

そうすることで、悲しい記憶の余韻を振り払い、気持ちを仕事モードに切り替えていく。

時計を見ると、今の時刻は十四時。

遮光カーテンを開けると、ゴールデンウィークを間近に控えた四月の眩《まぶ》しい日差しが、ひとり暮らしをしている部屋を一気に満たしていく。

香苗が勤める遠鐘病院は二交代制で、夜勤の勤務は十六時半からだ。だから今から準備を始めても、かなり時間に余裕がある。

香苗は軽く両手で自分の頬を叩いて気持ちを引き締め、出勤の準備を始めた。

「水守清彦《みずもりきよひこ》さん、三十五歳の男性。先日都内でバイクの単独事故を起こし救急搬送。そのまま緊急オペ。左足を骨折の他、複数の裂傷と打撲痕がありＩＣＵに入っていましたが、術後のバイタルも安定したためこちらの外科病棟に移動となりました」

ナースステーションで、日勤からの引き継ぎを受ける香苗は、必要な情報のメモを取る。

この遠鐘病院は、急性心筋梗塞《しんきんこうそく》や多発外傷など、二次救急で対応できない複数診療科領域の重篤な患者に対し、高度な医療を提供する三次救急医療機関である。

外科病棟に勤める香苗は直接的な関わりはないが、災害時の緊急派遣に備えてディーマットと呼ばれる災害派遣チームも抱えており、医療スタッフが充実している。

都心に近いこともあり、都内では対応しきれなかった救急搬送の患者を受け入れることも多いため常に忙しく、その分活気にあふれている。

ひと通りの申し送りを終えたタイミングでナースコールが入り、そのまま対応に向かう。

内容としては外科手術を受けたばかりの患者からの痛みの訴えだった。

主治医から鎮痛剤の用量と時間間隔の指示を受けているが、それでも痛みが強いとのことだ。

宿直医にその旨を伝えた上で指示を仰ぎ、対応した香苗は、ナースステーションに戻ると、電子カルテにその経緯を書き込んでいく。

香苗がパソコンを操作していると、肩に大きな手が触れた。

「これ七〇二号室の神村《かみむら》さんのカルテ?」

そう言いながら、肩越しに身を乗り出してきた男性が、画面と香苗を見比べる。

髪に緩いパーマをかけ、程よく日焼けした健康的な肌色をしている彼は、この病院に勤務する赤塚明夫《あかつかあきお》医師だ。

どことなくキザな雰囲気があって香苗は苦手なのだけど、医師という肩書に加えて独身のためか、患者や女性看護師の人気が高い。

香苗はさりげなく肩を動かして彼との距離を取る。

「手術痕が痛むとのことで、鎮痛剤の量を増やしました」

宿直医でない彼がどうしてこの場にいるのだろうかと思いつつ、香苗は簡潔に説明をする。

「神村さん、かなり痛むみたいでつらそうでした」

先ほどの様子を思い出し、香苗はなんとはなしに言う。

「炎症期だ、痛むのが当然だろ。いちいち騒がなくてもいいのに」

赤塚はモニターに視線を向けて呟く。

確かに術後数日は、傷口付近の細胞組織が傷を塞ぐために活発化するため、腫れや痛みが生じる。

それは術後通常の反応で、医療に携わる者からすれば特別視するようなことではないだろう。

それでもどこかあきれたように話す赤塚の物言いに、香苗は内心眉根を寄せた。

「確かにそうかもしれませんが、私としては患者さんが、どうつらいのかを言葉で伝えていただけると、対応しやすいので助かります。神村さんも、状況を説明して鎮痛剤の量を増やしたら安心して休まれました」

苦しむ人に寄り添うために医療はあるのだから、無理してひとりで耐える必要はない。

香苗の心からの言葉に、赤塚がスルリと自分の意見を変える。

「確かにそのとおりだ。九重さんは、患者一人ひとりの心に寄り添える優しい人で、いつも感心させられるよ」

赤塚は髪型や私服のセンスも垢抜《あか》けていて、スタイリッシュで軽薄な印象を受けるが、院内での立ち回りがうまい。自分より権力のある者とは決して意見を対立させることなく、相手に話を合わせてしまう。

そんな彼が、香苗の意見をあっさり受け入れるのは、香苗の背後にある権力を見据えてのことだ。

そのことをわずらわしく思っていると、赤塚が言う。

「ところで九重さん、先日の学会で君のお父上が以前書かれた論文が取り上げられていて、ぜひ直接意見を伺いたいと思ったのだけど、もし近くお父上に会われる予定があるのなら――」

面倒な話の流れに香苗が静かに身構えた時、明るい女性の声が割って入ってきた。

「九重さん、患者さんの体位変換手伝ってもらっていい？」

見ると、ナースステーションの出入り口に同僚看護師の有村千春《ありむらちはる》が立っている。

一度見た人の顔と名前を忘れないという特技を持つ彼女は、その場の空気を読むのもうまく、香苗が困っていることに気づいて助け船を出してくれたようだ。

「体位変換くらいひとりでできるだろ」

不満げに呟く赤塚に、千春は「骨粗鬆症《こつそしょうしょう》がかなり進行している患者さんなので無理です」と即答する。

「それでも、赤塚先生が医師として指示されるのであれば、記録を残した上でひとりで対応させていただきます」

千春の言葉に、赤塚が小さく舌打ちする。

体位変換とは、自力で寝返りを打てない患者や、身動きが不自由な人が同じ姿勢を取り続けることで床ずれをつくらないよう、定期的に体勢を変える行為だ。

本来ひとりで対応することの多い作業だけど、患者の体格や身体の状況によっては複数人で介助する場合もある。

「今行きます」

ちょうどカルテの入力が終わったところなので、香苗はマウスを数回クリックすると素早く立ち上がり、千春の後に続いてナースステーションを出た。

「ごめん。助かった」

廊下に出た香苗はお礼を言う。

すると千春は、軽く肩をすくめた。

「モテる女は大変ね」

「そんなじゃないってことは知ってるくせに」

軽く睨むと、千春はニヤリと笑う。

香苗は、看護大学卒業後二年ほど父が院長を務める九重総合医療センターで勤務した後、遠鐘病院に転職してきたが、千春は卒業後そのままこの病院に就職している。

そのためこの病院の勤続年数としては、今年で勤続三年になる香苗より、千春の方が先輩だ。だけど同い年ということもあり、気兼ねない距離感での付き合いをさせてもらっている。

「赤塚先生が私を誘うのは、私の父とのつながりが欲しいからよ」

香苗の事情を知っている千春に今さら言う必要もないのだけど、つい愚痴をこぼしてしまう。

さっきの赤塚ほど露骨ではないが、香苗の気を引こうとアプローチしてくる医師は他にもいる。というのも、香苗の父が九重総合医療センターという地域医療の要と言われている病院の院長を勤めているからだ。

九重総合医療センター院長のひとり娘である香苗と結婚すれば、自分が次の院長に……とまでいかなくとも、学会でも顔の利く九重院長に気に入られて損をすることはないと考えているのだろう。

そんな下心が見え隠れする人にしつこくされて、日々辟易《へきえき》しているので愚痴らずにはいられない。

看護大学を卒業した際、香苗は最初九重総合医療センターに就職したのだが、どうしても周囲が特別扱いしてしまうので両親の反対を押しきって、地元を離れてこの病院に転職したのだ。

それでもどうしても、赤塚のような人が出てくるので困る。

「確かに赤塚先生は下心見え見えだけど、九重さんは、普通にかわいいからモテるっていうのもあると思うよ」

「そんなことないよ」

香苗は肩をすくめて、宵闇に染まった窓ガラスに映る自分の姿を確認する。

スッキリした卵形の輪郭に、小ぶりな鼻にハッキリとした二重の目。

仕事中はヘアクリップでひとまとめにしているセミロングの髪は、生まれつきのダークブラウン。肌も白く、全体的に色素が薄めなのだ。

二十七歳という実年齢より若く見られがちで、〝愛嬌《あいきょう》がある〟とか〝親しみを持ちやすい〟と言われることが多いだけで、モテ要素のようなものはない。

少なくとも、香苗本人はそう考えている。

「九重さん、恋人とかいないの？　ていうか、家が家だから、お見合いの話とかくるんじゃないの？」

「まさか」

香苗は小さく笑う。

確かに香苗の父である九重哲司《てつじ》は、九重総合医療センターの後継者になるような男性を娘婿に迎えたいと考えているようだ。

そのため香苗に見合い話を持ってくることもあるが、香苗は結婚も恋愛もするつもりがないので、そういった話をすべて断っている。

「どうせなら、医療系の道に進まない方が楽だったんじゃないの」

千春の意見には一理ある。

おそらくその方が、気楽だっただろう。

「そうかもしれないけど、中学生の時のある事故をきっかけに、看護師になろうって決めていたから」

「事故？」

千春はその先を聞きたそうにしていたけど、ちょうど目的の病室に到着したので、話はそこまでとなった。


ナースステーションに戻ると、そこにはもう赤塚の姿はなかった。

そのことに安堵する香苗の隣で、千春は、ナースステーションのセンターテーブルに置かれている回覧を手にした。

「講習のお知らせ……なにそれ？」

印刷されている文字を読み上げる千春の声につられて、香苗も隣から覗き込み、内容を確認する。

見ると、災害や事故の現場で搬送前のケガ人に対する適当な処置、『外傷病院前救護』をするために必要なガイドラインをまとめた教育プログラムのお知らせのようだ。

「外傷死亡の撲滅を目指すための講習だよ。そういった知識を深めることで、緊急時に救える命があるから」

その資格に関する知識がある香苗が簡単に内容を説明すると、千春がキョトンとした顔をする。

「なんでそんなに詳しいの？」

「看護師になってすぐの頃に、一度、その講座を受講しているの」

香苗が言う。

この資格は三年ごとに再受講して資格を更新する必要がある。一度資格を取った香苗だけど、引っ越し後の住所変更を怠っていたためその案内通知を見落として、更新しそびれて資格は失効してしまったのだ。

その後、再受講したいとは思いつつも、タイミングが合わずそれっきりになっていた。

「もう一度受講しようかな」

「え？　なんのために？　病棟勤務なんだから、搬送前処置なんて私たちには関係ない資格でしょ」

千春が小さく驚く。

「確かにそうなんだけど、もしもの時に後悔したくないから」

そんなふうに思うのは、寝起きに〝彼〟のことを思い出したせいなのかもしれない。

どれだけ時が過ぎても、彼を思い出すたび、無力な自分を悔やむ気持ちを拭うことはできない。

そのことを苦く思いながら、香苗は講習の日程を確認した。

2・偶然の再会

五月の連休明け、香苗は都内にある文化センターを訪れていた。

特に遊びに行く予定もなかったのでゴールデンウィークの連続勤務を引き受けた分、連休明けにまとまった休みがもらえた。それがちょうど先日目にした講習の日程と合ったので、受講を決めたのだ。

「受講申し込みをした九重香苗です」

受付で名前を告げると、受講者であることを証明するネームタグと、任意のアンケート用紙を渡された。

資格失効をしていなければ、受講時間が短い更新コースを選択することもできたのだが、知識の再確認のためにも一から学び直すことに不満はない。

ネームタグを首から下げ中に入ると、会場には香苗を含めて二十人ほどの受講者がいて、各々、先ほど香苗が渡されたのと同じアンケートに記入している。

香苗は適当な椅子に腰かけ、アンケートに記入していく。

（名前、勤務先、医療従事者の方は勤務されている科をご記入ください……）

心の中でアンケートを読み上げながら、香苗は質問の回答を書き込んでいく。

そうやってよどみなく動いていた手が、〝当講座を受講した理由〟の箇所で止まる。

「理由……」

簡単なアンケートなのだから、〝知識の向上〟〝緊急時における初期対応を学ぶため〟といったもっともらしい言葉を書けばいい。

それだけのことができないのは、香苗の心の問題だ。

（あの時、私は、私を助けたせいで大ケガをした〝彼〟に、なにもしてあげられなかった）

周りの大人にどれだけ『子供だったのだから仕方ない』『君はなにも悪くない。これは不幸な事故だった』と言われても、その後悔を拭い去ることはできない。

それは自分が〝彼〟の人生を狂わせてしまったという罪悪感を拭えないからだ。

苦い過去を思い出して止まっていた手を再度動かそうとした時、入り口のドアが開き、複数人が部屋に入ってくる気配がする。

どうやら講師陣が入ってきたらしい。

講習は、数人のグループに分かれて、受講生とほぼ同数の講師から細やかな指導を受けるかたちで進む。

顔を上げ、講師陣の顔を確認した香苗は、その一団のひとりに目を留めて息をのんだ。

「えっ」

驚きの声をもらしたその拍子に、力が抜けた手からペンがすべり落ちた。

カシャンッと硬い音がして床に落ちたペンは、一度大きく跳ねると、その勢いでクルクルと回転しながら床をすべっていく。

そして引力に引き寄せられるようにして、今、この部屋に入ってきた人物の靴にあたって回転を止める。

その間、香苗の視線は長身なその男性に釘付けになっていた。

薄手のジャケットを羽織り、フレンチリネンのシャツに動きやすそうなパンツを合わせている彼は、腰を折って、足元に転がるペンを拾い上げる。

動きに合わせて、前髪を左で分けている艶やかな黒髪が動く。

「落としましたよ」

そう言ってペンを差し出して初めて、香苗の顔を見たのだろう。

「……香苗？」

息をのみ、驚きの表情を浮かべた彼は、吐き出す息とともに香苗の名前を口にする。

戸惑いが色濃く滲《にじ》んだ声に、昔のような親しみは感じられない。

こちらを見て揺れる瞳が〝どうして君がここに？〟と、問いかけている。

でもそれは香苗も同じだ。

（どうして拓也君がここに？）

今目の前にいるのは、高校時代の恋人である矢崎拓也なのだ。

医療とは関係のない道に進んだはずの彼がこの場所にいることに驚いて、思考がうまく働かない。

「矢崎先生、どうかされましたか？」

お互い言葉もなく見つめ合っていると、続いて入室してきたスタッフが声をかけてきた。

「なんでもないです」

そう答えて拓也は「どうぞ」と、香苗にペンを握らせると、他の講師と共に正面に設置されているホワイトボードの前に並ぶ。

それを合図に、参加者たちもアンケートへの記入の手を止めて前を向く。

全員が前を向いたのを確認して、年配の男性がマイクを手にした。

「今日は本講習の受講ありがとうございます。救命救急士の――」

挨拶とともに簡単に自己紹介した年配の男性は、そのままの流れで外傷病院前救護の有用性について語り、次の人にマイクを渡す。

救命救急士や消防士の他、看護師や医師といった医療関係者が自己紹介をしていく中、拓也にマイクが渡る。

「医師の矢崎拓也といいます。今日はよろしくお願いいたします」

自己紹介を述べる彼の声を、香苗は夢の中にいるような気持ちで聞いていた。

(医師ってどういうこと？　拓也君は、医師になりたくないって思っていたんじゃないの？)

驚きすぎて思考がうまく働かず、そればかりを考えてしまう。

だって香苗は、彼が家族に『医師になどなりたくない。だけど香苗のせいでそう言い出せないでいる』『彼女と別れて、もっと楽な道を進みたい』と話していたと聞かされ、別れを決意したのだから。

状況がうまくのみ込めず、香苗はそっと瞼《まぶた》を伏せて過去を振り返る。

拓也との出会いは、香苗が中学三年生の夏休み。彼の通う北高校のオープンキャンパスに行ったことがきっかけだった。

＊＊＊

北校は県内有数の進学校で、特に理数科は、理科学や数学の教育に高い評価を受けていて、国立大学への進学率が高いことで有名だった。またスポーツの強豪校としても知られている。

自由な校風で制服もかわいい地元の名門校なので、香苗も憧れてはいた。

だから受験するかは不明だけどせっかくのチャンスなので見学だけでもしておこうと、友達に誘われて出かけることにしたのだ。

「わぁ、すごくない？」

北高のオープンキャンパス当日、校門を入った瞬間、友達がはしゃいだ声をあげた。

「ホントだね」

視線でリアクションを求められた香苗は、大きく頷く。

というのも、校門をくぐるなり様々な展示物が飾られていて、来場者の目を楽しませていたからだ。

各種部活の活動報告や卒業生の主な進学先の一覧といった掲示物の他、美術部の生徒が制作したという立体的なオブジェも飾られていた。

中でも木材を組んで作ったオブジェは高校生の作品とは思えない立派な作りで、中学生だった香苗と友達はその場の雰囲気に圧倒されていた。

そういった掲示物に興味を示しながら校舎に向かって歩いていると、友達が香苗のシャツを引っ張った。

「香苗、あの人、イケメンじゃない？」

そう言われて友達が指さす方に視線を向けると、少し先のオブジェの前でチラシを配布している男子生徒が見えた。

来場者になにか質問されたのか、少し遠くを指さして話す彼は、顎のラインがシャープで、目も切れ長で形がよい。

誰かに話しかけられて少し横を向くと、鼻筋がスッキリしているのもわかる。

（よく日焼けしている。サッカー部とかに入っているのかな？）

背が高く小麦色の肌をしている男子生徒の姿に、そんな勝手な想像が働く。

「本当だ。すごくカッコイイね」

「でしょ」

友達が「私が発見したんだから」と、誇らしげに胸を張るので、香苗はその発見を称《たた》えて音のない拍手を送る。

中学生の香苗たちにとって、高校生なんて別世界の存在だ。

だからこそ、アイドルを愛でるような気持ちで思ったままを口にする。

「だよね。ここ顔面偏差値も高いんだね」

友達の発言にふたりで笑い合った。

せっかくだからと彼が配っているチラシを受け取り、その前を通り過ぎる。

本当なら、それは記憶にも残らないような一瞬の接触で終わるはずだった。

「キャッ！」

突然強い風が吹いて、香苗たちが手にしていたチラシを巻き上げていった。セミロングの髪がグシャグシャに乱れるほどの風の勢いに驚いて、腕で顔をかばう。

それでも、吹き上げられた小石や砂が顔を打ち痛みを感じ、周囲のそこここで小さな悲鳴が起きた。

「ビックリした」

風がおさまるのを待って顔を上げた友達が、手櫛《てぐし》で髪の乱れを整える。香苗も自分の髪や制服の乱れを整えた。

「台風が近いんだっけ？」

今朝目にしたニュースを思い出しながら香苗が言う。

「早く校舎に入ろう」

友達はそう言ってパタパタと校舎へと走っていく。

「あ、ちょっと待って」

香苗が飛ばされたチラシの行方を捜してキョロキョロしていると、背後から「危ないっ」という緊迫した声が聞こえてきた。

「え？」

声のした方を振り返るより早く、誰かが香苗の体を抱きしめ、地面に倒れ込む。

なにが起きたのか理解できず混乱している香苗の耳に、バキバキとなにかが崩れ落ちる破壊音が響く。

それに続く束《つか》の間《ま》の静寂の後、周囲が一気に騒がしくなる。

「なに……？」

なにが起きているのかわからない。

香苗は、混乱する頭をなんとか落ち着かせ、体を動かそうとした。

そうすることで、自分が体格のいい男性に強く抱きしめられていたことに気づく。

窮屈な姿勢でどうにか首を動かして、香苗は目を丸くした。

「クッ」

自分を抱きしめ、地面に倒れ込んでいるのは、さっき友達とイケメンだとはしゃいだ男子生徒だった。

香苗を抱きかかえて地面に倒れ込む彼は、右の額から血を流し苦痛に顔をゆがめている。

「大丈夫か？」

「今助けるから」

自分たちを囲むように人が集まり、口々に叫ぶ。

そんな言葉を発しながら、数人の男性が男子生徒の上半身を浮かせて、彼の腕の中にいた香苗の体を引っ張り出す。

「えっ！」

助け出された香苗は、眼前の景色に息をのんだ。

先ほど友達と見上げていた木製のオブジェが無残に倒壊し、自分と彼はその下敷きになっていたのだ。

「君も大丈夫か？」

「意識があるなら、右手を動かして」

大人たちは口々に男子生徒に声をかけて、彼の救出に取りかかる。

めた。

「香苗っ！」

慌てて引き返してきた友達が、青ざめた顔で地面にへたり込んでいる香苗を抱きしめた。

「大丈夫？　ケガしてない？」

友達の質問に、香苗はギクシャクした動きで頷く。

「あの人が……私を助けてくれたから」

どうにか声を絞り出す間も、香苗の目は自分を助けてくれた男子生徒に釘付けになっていた。

大人の手によって助け出された彼は、苦痛に顔をゆがめ、大人の問いかけにきちんと言葉を返せない状況だ。倒れた衝撃で壊れた木材の破片で切ったのか、額からの流血も見られる。

その状況を見れば、香苗をかばってケガをしたのだと理解できた。

一歩間違えれば自分が倒壊した木材の下敷きになり、苦痛に顔をゆがめていたのかもしれない。そう思うと、足下から恐怖がこみ上げてきて、体の震えが抑えられなくなる。

恐怖に思考停止してお礼を告げることもできずにいる間に、救出された男子生徒は救急搬送されていった。

ケガをした彼の搬送先は、偶然にも香苗の父が院長を務める九重総合医療センターだった。

香苗が学校関係者に自分の連絡先を伝えていたこともあり、その日の夜には、自分を助けてくれた彼が、北高の理数科の二年生の矢崎拓也という人で、搬送先が父が経営する九重総合医療センターだと知ることができた。

そしてその数日後、彼の状況が落ち着くのを待って、母と共に病室を訪れた時、助けてもらったお礼とケガをさせてしまったことを詫びる九重親子に、逆に拓也がひどく恐縮していた。

その理由を聞くと、北高の生徒である彼からすれば、部外者の香苗に怖い思いをさせてしまったことが申し訳ないのだという。

彼のその人のよさに、香苗は温かいものを感じた。後になって思い返せば、それが恋の始まりだったのだろう。

検査の結果、彼は左脚粉砕骨折という診断を受け、一ヶ月以上入院を余儀なくされた。

そのため香苗は、拓也を頻繁に見舞うようになっていった。

というのも、彼の家は母子家庭で、仕事に忙しい母親が頻繁に病院を訪れるのは難しいと知ったからだ。

香苗が病室を訪れるたび、拓也はひとりで読書なんかをして時間を過ごしていた。

その姿は物憂げで、中学生の香苗が口にするのは生意気かもしれないけど、彼を放っておけない気持ちにさせたのだ。

もちろん中学生の香苗が見舞ったところで、彼のためにしてあげられることは少ない。どちらかといえば、受験生である香苗が、拓也に勉強を教えてもらいながら過ごすことがほとんどだった。

そうやって一緒に時間を過ごす中で、香苗が彼に抱いた温かな感情は、恋心へと成長していった。

そして香苗は、彼と同じ高校に受かったら告白しようと決めて勉強を頑張った。

結果、香苗は北高に見事合格を果たした。そしていざ告白しようとしたら、驚いたことに拓也の方から告白された。

ひと夏を一緒に過ごすことで、相手に恋愛感情を抱くようになっていたのは香苗だけではなかったらしい。

告白の際、ずっと彼にケガをさせてしまったことを気にしていた香苗に、拓也は逆に『これからもずっと俺に香苗を守らせてくれ』と言ってくれた。

それが香苗にとって、どれだけうれしい言葉だったか。

でもいざ付き合い始めると、香苗の父に、お互いの家庭環境の違いを理由に交際を反対されてしまった。

だけど拓也は、そんなこと全然気にしていなかった。

誠実な交際を続けていけば、いつか香苗の父親も自分たちの交際を認めてくれるはずと言ってくれていたのだ。

香苗もそう思っていた。

拓也より素敵な男性など、いるはずがないのだから。

それにケガの治療を通して拓也は医師を志すようになっていたのだから、大人になれば父も理解してくれるはずと信じていた。

拓也の入院当時、中学生だった香苗も、彼の治療に寄り添う看護師の姿を見て、自身も医療に携わる仕事がしたいと思うようになっていた。

香苗としては家業だからということではなく、自分の将来の夢として医療の道を志すようになり、彼と共に勉強に励んでいた。

だけど拓也の母の再婚が決まったことで、状況が大きく変化していったのだった……。

＊＊＊

「次、傷病者役を九重さん」

講師に名前を呼ばれて、香苗はハッとする。

ほんのひと時、意識が拓也と出会った日に飛んでいた。

「はい」

香苗が返事をすると、講師は同じグループにいる他三人の名前を呼んで救護班役を割り振る。

「じゃあ状況としては、家屋の倒壊の下敷きになった意識不明の要救護者の救護及び搬送を想定して、必要な処置をシミュレーションしてください」

講師の指示に従い、名前を呼ばれた三人が前に出る。

「九重さん、うつ伏せで倒れて」

指示に従い、香苗はうつ伏せの姿勢で床に横たわり、顔を横に向ける。

すると立ち位置が変わったことで、別グループで指導員を務める拓也の姿が視界に入った。

受講生のグループ分けや、どの講師がどこを受け持つかの割り振りは、最初に挨拶をした講師が決めた。

違うグループになったため、拓也と香苗は言葉を交わすこともなく講義が進んでいる。

「意識不明だから、目を閉じてね」

指示を受け、香苗が床にうつ伏せに横たわると講師は香苗の足から腰のあたりにかけて軽い板を載せる。それを倒壊した家屋に見立てて救護しろということだ。

偶然なのはわかっているけど、講師が提示した設定は香苗の苦い事故の記憶を思い出させる。

「――どうしたの？　大丈夫？」

再び意識が過去に沈みかけていた香苗は、救護者役の声にハッとした。

訓練中の台詞《せりふ》とは思えない声色に思わず目を開けると、救護者役の人たちだけでなく、講師も心配そうに自分を見下ろしている。

「え？」

「なんだか、急に顔色が悪くなったような気がして」

こちらを気遣う救護者役の声に、香苗は自分の上体を起こして頬に手を添える。

そうやってみて、自分の指先が驚くほど冷えていることに気づいた。

「すみません。なんでもないです」

そう答えたものの、声が震えている。

「やっぱり顔色が悪いわ」

香苗の前に膝をつく講師が、横になることを勧めるように香苗の肩に手を添えた。

周囲に視線を向けると、ただならぬ雰囲気を察して、他のグループの者たちも動きを止めてこちらを見ている。

拓也も心配げな表情でこちらをうかがい、今にもこちらに近づいてきそうな雰囲気があった。

そのことに混乱して、香苗はオロオロする。

「あの……ごめんなさい。やっぱり……寝不足で体調が優れないみたいです。だから、今日の講習を辞退させてください」

どうにかそれだけの言葉を絞り出すと、香苗は立ち上がり、一礼して荷物を手に部屋を飛び出した。

背後で自分を呼ぶ声が聞こえた気がしたけど、振り向くことができない。

会場を飛び出した香苗は、そのままの勢いで駅まで走り、ちょうどホームに止まっていた電車に飛び乗った。

そして空いていた席に腰を下ろして、瞼を閉じて呼吸を整える。

(拓也君が医師って、どういうこと?)

人心地つくと、また同じことを考えてしまう。

だって彼は医師になることをあきらめたはずなのだ。

少なくとも、拓也の母と、再婚で彼の拓也の義妹になった石倉彩子《いしくらあやこ》は、拓也は医大進学を断念したがっていると話していた。

彩子は拓也の母と共に、香苗の存在がどれほどに拓也の負担になっているかを告げた。

彼女の話には信憑性《しんぴょうせい》があったし、なによりその場に同席していた拓也の母が彼女の話をまったく否定せずにいたことで、香苗はその話を真実だと理解した。

だから拓也の幸せを願って、別れを決意したのに……。

混乱する思いを落ち着けたくてあれこれ考えていると、香苗のことを〝疫病神〟と罵る彩子の顔が鮮明に思い出される。

彩子は学年としては拓也と同じだけど、生まれ月の関係で立場としては拓也の妹で、香苗たちとは別の大学付属の私立高校に通っていた。

再婚の際、彩子の父が拓也と養子縁組しなかったためふたりの名字は違ったが、それでも拓也は彩子を新しい家族として受け入れるよう努力していた。

香苗が最初に彩子に会ったのは、拓也とのデートの時だった。

どうしても義兄の恋人に会いたいと、強引にふたりのデートについてきたのだ。彩子は、モデルのようにスラリとした体形で目鼻立ちがハッキリした美人だが、気の強そうな印象を受けた。

そして終始不機嫌で、事あるごとに香苗の言動に難癖をつけ、ワガママを言って拓也を振り回していた。

せっかくのデートを邪魔された上に、意地悪なことばかり言われて、とても仲よくなれる相手ではなかった。

ただ拓也から、彼の母が彩子との接し方に苦慮していて、彼も母親のために彼女に気を使っていると聞かされていたので、香苗も好きな人のためにどうにか彼女と仲よくできるよう努力した。

しかし拓也から見ても彩子の態度は目に余ったらしく、それ以降彼女をデートに連れてくることはなかった。

そんな彼女と二度目に会ったのは、香苗が高校一年生の冬。

もうじき期末試験が始まるというタイミングで、拓也の母に呼び出された時のことだった。

＊＊＊

拓也には内緒で話したいことがあると、拓也の母親である小百合《さゆり》から連絡を受けたのだけれど、そんなことは初めてのことで、香苗は言いようのない不安を覚えつつ、指定された喫茶店に向かった。

するとその場には彩子も同席していて、香苗は動揺を隠せなかった。

（どうしてこの場に彩子さんが？）

我の強さを示すように腕を組んで香苗の到着を待つ彩子の姿に、嫌な予感しかしない。

その予想を裏づけるように、彩子は香苗が席に着くなり、そう罵声を浴びせかけてきた。

「この疫病神っ！」

「え？」

突然の罵声に、一瞬、それが自分に投げかけられた言葉だとは理解できなかった。

そんな香苗の反応がさらなる怒りを招いたのか、彩子は憤怒の表情で香苗の存在が
拓也を不幸にしていると一方的に非難してきたが、混乱して話がうまくのみ込めない。

「とにかく、さっさと拓也と別れて」

ドンッと拳でテーブルを叩いて彩子が言う。彼女のそのキツい物言いに、香苗は身をすくめた。

高校一年生だった香苗にとって、二年の年齢差は大きい。突然年上の彼女に鬼の形相で罵られて、なにも言えなくなる。

彩子の隣を見れば、小百合は、香苗を擁護してくれることなく、彼女の好きにさせている。その状況が、余計に香苗を萎縮させた。

ひとしきり感情的に香苗を罵った彩子が落ち着くと、それまで黙っていた小百合が突然ガバリと頭を下げた。

「おばさん？」

「香苗さん、お願いだから拓也と別れてください」

彼女の突然の行動に驚く香苗に、小百合はテーブルに額を押しつけるようにして話す。

「私の今の夫……つまり彩子さんのお父さんは会社経営をしていて、優秀な拓也のためになら大学進学への支援は惜しまないと言ってくれているの。ただそれには条件があって……」

「どんな条件ですか？」

拓也の名前に反応して問いかけると、小百合が顔を上げて、まっすぐに香苗を見て告げる。

「医学部ではなく、経済学部に進路変更するようにと」

「でも、拓也君の希望は……」

医学部のはず。香苗がそう言うよりも早く、彩子の金切り声が響く。

「拓也は、アンタとの約束に縛られて、その提案を断ったんだからね。そのせいでパパと拓也の関係は険悪になって、我が家は最悪なことになっているのよ」

「そんなこと拓也君はひと言も……」

思わず漏れた香苗の呟きに、彩子が目をつり上げる。

「疫病神のあなたに話してどうなるって言うのよ！　あなた、自分が拓也の人生を台無しにした自覚もないでしょ」

次々飛び出してくる想定外の言葉に思考が追いつかない。

わけがわからず目を白黒させる香苗相手に、彩子がたたみかけるような勢いで続ける。

「あなた、拓也があなたをかばって大ケガをしたせいで、どうなったか知っているの？」

「え？」

驚きの声を漏らす香苗を相手に、彩子は意地悪く口角を持ち上げる。

そして勝ち誇ったように、拓也が香苗をかばって大ケガをしたせいで陸上選手としての道を断たれたのだと話した。

だから出会った時から拓也にとって、香苗は疫病神でしかないのだと非難した。

「そんなこと、拓也君からひと言も聞いてない」

彩子の言葉が信じられずそう呟いてみたものの、香苗の記憶には引っかかるものがある。

初めて拓也を見た時、サッカー部にでも所属していそうだと思ったのだ。

でも松葉杖が必要な状況の彼に、香苗の方からそのことを質問することなく、付き合うようになってからも拓也が話すこともなかった。

だから確認したことがないだけで、彩子が嘘をついている可能性がゼロではない。

「嘘だと思うなら、周りに聞いてみればいいわ」

黙り込む香苗に、彩子が言う。その表情を見れば、彼女が自分の発言に確固たる自信があるのだとわかる。

それでもまだ信じたくなくて、香苗は小百合に視線を向けた。

すると小百合は、再び額をテーブルに押しつけるようにして頭を低くする。

「本当は拓也も受験勉強に疲れているの。私には、できることなら志望校のランクを下げて、リハビリに専念したいとこぼしているわ」

「え？」

「でも生真面目で優しいあの子は、あなたにそれを言い出せないでいる。このままだと、拓也は、高校卒業とともに家を追い出されることになってしまう……だからどうかお願いします」

そう訴える小百合の声は切羽詰まっていて、微塵の嘘も感じられない。

でも……。

（拓也君）

香苗は膝の上で拳を握りしめて、ふんぞり返る彩子と、額をテーブルに押しつける小百合を見て言う。

「少し……考えさせてください」

「はぁ？」

彩子が尖った声をあげる。

その声から逃れるように、香苗も額をテーブルに押しつけて言う。

「拓也君を不幸にするような選択をしないと約束します。だから少しだけ考える時間をください」

「はぁ？　あなた自分は何様のつもり？」

「彩子さん」

ヒステリックな声をあげる彩子の袖を小百合が引き、首を左右に振る。

その姿に彩子は舌打ちをして、虫を追い払うような動きで小百合の手を払う。

「いいわ。一週間だけ時間をあげる。私の話が嘘じゃないとわかったら、必ず拓也と別れてよ」

高飛車にそう言い放ち、彩子は席を立った。

「彩子さん」

小百合も伝表を持って立ち上がり、その後を追う。

その背中を見送って、香苗もノロノロと立ち上がって店を出た。


後日。学校の友達づてに先輩たちに確認してもらい、彩子の話が嘘ではないのだと知った。

そうなると、小百合の話も真実味を帯びてくる。

いっそ拓也に事実を確かめようかとも思ったのだけど、小百合に口止めされていたこともあり、それができずにいた。

それに優しい彼のことだ、香苗が面と向かって質問しても、自分が苦しんでいることを認めたりはしないだろう。

彼のその性格を理解しているだけに、散々悩んだ末に、香苗は彼との別れを決意したのだった。

「リハビリと勉強ばかりで、普通のデートができないから、拓也君と一緒にいても楽しくない。……もっと普通の恋愛がしたいかなと思って。……実はもう、他に気になる男の子がいるの——ごめんなさい」

「わかった。香苗がそうしたいなら別れよう」

一方的な別れを告げる間、心のどこかで、彼が自分を引き留めてくれることを期待していた。

だけど、拓也が香苗を引き留めるようなことはなかった。

彼のその姿に、彩子や小百合の話に嘘はなかったのだと理解してふたりの関係は終わった。

＊＊＊

ふたりの破局は彼の幸せにつながっている。香苗はそう信じて、自分だけでもふたりで未来を夢見た頃の思いを胸に、医療従事者を目指し今日まで頑張ってきた。

「それなのに、どうして拓也君が先生になっているの？」

別れた後の香苗は、彼への未練を断ち切るために必死で、あえて拓也に関する情報を遮断していたのだ。

結果、同じ学校に通っていても学年の違う彼のその後は知ることはなかったので、拓也が医学部に進んでいることを知らなかった。
てっきり香苗との約束から解放され、もっと違う道に進んだとばかり思っていた。
そのことを不思議には思うけど、今さらその理由を知ってどうなることでもない。
自分と拓也は、十年以上前に終わっているのだから。

3・それぞれの思い

拓也との偶然の再会に驚き、逃げるようにその場を立ち去ってから五日が過ぎた。

「水守さん、主治医の先生が、術後の回復が順調だって話されていましたよ」

遠鐘病院の外来の奥にあるレントゲン室からエレベーターに向かって車椅子を押す香苗は、そこに座る男性に声をかけた。

「九重さんのおかげだよ」

そんな社交辞令を返すのは、バイク事故による骨折で入院している水守という男性患者だ。

彼が事故を起こしたのは四月後半。

今日は検査病棟を幾つか回るため、負担を考え移動に車椅子を利用しているが、普段の移動は松葉杖があれば可能となっている。

先ほどの検査結果も良好とのことだったので、近く退院できるだろう。

「ねえ九重さん、退院したらデートしようよ」

香苗は水守の誘いを聞こえないフリをして聞き流す。

時々、入院ついでといった感じで看護師を口説く患者がいるけど、こちらは仕事中なのだから、そういった誘いは迷惑でしかない。

無視することで断ったつもりなのだけど、水守はそのましつこく香苗をデートに誘ってくる。

「九重さん、恋人はいるの？」

入院病棟に戻るためにエレベーターの前で車椅子を止めると、水守が腰をひねってこちらを見上げてきた。

自分に向けられる水守の眼差しにただならぬ熱を感じ、香苗は居心地の悪さを覚えた。

「はい。結婚も考えています」

それはまったくの嘘だけど、そういうことにしておこう。

彼にあきらめてほしくてそう答えて、香苗は腕を伸ばしてエレベーターの昇降ボタンを押す。

すると水守が、その腕を摑んだ。

「え？」

思いがけない強さで手首を摑まれ、香苗が驚きの声を漏らした。

水守は香苗の手首を摑んだまま言う。

「それ嘘でしょ。他の看護師が、九重さんは恋人がいないって話してた。だから俺が、九重さんの恋人に立候補してやるって言ってやってんだよ」

口元は笑みをたたえているが、香苗を見つめる茶色の瞳には有無を言わさない強引さがある。

自分の望んだ言葉以外聞く耳を持たないと言いたげな相手の雰囲気に、香苗は本能的に危機感を覚えた。

それでも相手は、入院中の患者だ。過剰反応するのもよくないと思い、香苗は薄く笑って摑まれた手を自分の方に引く。

「そういう冗談は困ります」

笑い話として受け流そうとしたのだけど、水守は手の力を緩めてくれない。

それどころか、摑む手により力を込めてくる。

「俺、マジで口説いているんだけど」

そう話す間も手首を摑む力が強まり、鈍い痛みに指先が痺《しび》れる。

周囲に人の気配はないだけに気持ちが焦る。

そんな状況で、このまま彼とふたりきりでエレベーターに乗り込むことに恐怖を覚え始めた時、男性の声が聞こえてきた。

「それは困るな」

そんな言葉と同時に、横から伸びてきた手が水守の手を押さえた。

「えっ」

突然のことに驚いたのか、水守の手の力が和らぐ。

その隙を突いて声の主は、香苗の肩を自分へと引き寄せた。

「彼女は私の婚約者です。口説くなら他の女性にしてもらえますか」

(婚約者?)

自分にそんな者はいない。

香苗は背中に男性的なたくましい胸板が触れるのを感じながら、わけのわからない状況に目を丸くしていた。

驚きつつ背後を確認して、さらに目を丸くする。

「拓也君……」

香苗は自分の目を疑った。

守るように自分の肩を抱いているのは、間違いなく拓也だ。

「嘘だ。そんな話、聞いてないぞ」

「あなたが聞いていないからといって、どうして嘘だといえるんですか？　どういった話を聞いたのかは知らないが、彼女は私と結婚の約束をしているんです」

拓也はそう言って、香苗に目配せをする。

彼の視線を受けて、香苗は頷く。

だけどその約束を交わしたのは、ふたりが付き合っていた頃の話だ。

今さらそんな昔の話を持ち出されても戸惑うし、どうして彼がここにいるかわからない。

拓也は混乱する香苗にかまうことなく、その肩をしっかりと抱き、視線で水守を威嚇する。

「そういうわけなので、あきらめていただきたい」

突き放すような拓也の言い方には、反論の余地を与えない気迫がある。

その勢いに気圧《けお》され水守は一瞬怯《ひる》んだが、すぐに車椅子の肘掛けにのせている手に力を込めて反論する。

「他の看護師からも、そんな話を聞いたことないぞっ！」

「個人情報の保護が尊重される時代、同僚ナースが軽々しくあなたに彼女の情報を漏らすとは思えない。だから聞いたことがないのは当然です。それなのにあなたは、漏れ聞こえてきたわずかな情報を、自分に都合のいいよう解釈していた可能性はありませんか？」

あっさり切り返され、水守は奥歯を噛む。

その反応を見るに、拓也の発言は核心を突いていたらしい。

水守がおとなしくなったのを確認して、拓也は香苗の肩から手を離した。

「香苗、仕事中に声をかけて悪かった。今日はこちらの依田《いだ》先生と会う予定があって訪問させてもらったんだが」

演技の続きなのか、親しげな雰囲気を漂わせながら拓也が言う。

改めて見ると、彼は前髪を左で分けた髪を上品に撫でつけ、紺色のシックなデザインの夏物のスーツを着ている。白いシャツにスーツと同系色のネクタイを締め、堅い雰囲気がある。

どうやら医師としての用があって、ここを訪れたらしい。

「何科の先生でしょうか？」

彼が口にした名字に、自分の科にいる医師の顔が思い浮かぶが、念のために確認すると、拓也は「外科」と答える。

香苗が思い浮かべた依田医師で合っていたようだ。

ただ、今日の彼は非番ではなかっただろうか。そう思った時、離れた場所から拓也を呼ぶ声が聞こえた。

見ると、その依田がこちらに手を振りながら歩いてくるのが見えた。

「矢崎、捜しただろ。なんでこんなところにいるんだよ」

かなり拓也を捜し回ったのか、駆けつけた依田は膝に両手をついて肩で息をする。

「受付ロビーで待ち合わせのはずだろ」

姿勢を直した依田が拓也に文句を言う。

依田もスラックスにジャケットを羽織っているが、オフィスカジュアルといった感じで、拓也ほどかっちりしたスーツ姿ではない。

「悪い。ちょっと買いたいものがあって、コンビニを探してた」

ふたりの親しげなやり取りを静かに見守っていると、視線に気づいた依田が言う。

「ごめんね。九重さん、意味わかんないから驚くよね。こちら僕の大学時代の同級生の矢崎拓也先生、ふじき総合病院の救命救急に勤務しているんだ。まだ若いけど〝断らないドクター〟なんて呼ばれて、敏腕ということもあり救命救急の間では信頼されている」

依田が口にしたのは、都内にある総合病院の名前だ。

大学付属の総合病院で、二十四時間体制で高度救急医療をおこなう三次救急指定病院として知られている。

そこで勤務するということは、拓也はかなり優秀な医師なのだろう。

「そう……なんですね」

香苗は、今さらながらに拓也にお辞儀をして本来の自分の仕事に立ち戻る。

「では私は、入院病棟に戻ります」

そう言って水守に視線を向ける。

水守も、うまく状況がのみ込めず戸惑っているようだ。

先ほどの荒々しさは消え去り、おとなしく車椅子に座っている。

この状態なら、ふたりきりでエレベーターに乗っても大丈夫だろう。

「じゃあ僕たちも行くとするか。とりあえず、コンビニに行けばいいのか？」

依田が拓也に声をかける。

話している間に一度開いたエレベータードアが閉まっていたので、香苗は再びエレベーターボタンに指を伸ばす。

するとその手を、先ほどとは違う手が摑んだ。

拓也の手だ。

「矢崎？」

突然の行動に依田が戸惑いの声をあげたが、拓也はそれにはかまわず依田に言う。

「依田、その患者さんはお前の方がいいみたいだから、彼女の代わりに病室まで頼む。コンビニは、彼女に案内してもらうから」

「はぁ？　僕、今日は非番なんだけど」

一度は不満を口にした依田だけど、香苗と「なにを言っているんだ」と不満そうに言う水守を見比べると、なにか納得した様子で頷きこちらに手を伸ばす。

「そういえば、担当している患者さんの処方で確認しておきたいことがあった。ナースステーションに寄りたいから、九重さん、悪いけどその矢崎をコンビニまで案内しておいてくれる？」

依田はそう言って、香苗に代わって水守が座る車椅子のグリップを摑む。

「わかりました」

そんな理由をつけられたら、香苗に断る理由はない。

香苗が横に動くと、依田は不満げな顔をする水守にかまうことなく車椅子を押してエレベーターに乗り込む。

「そいつは、コンビニに捨ててきていいから」

依田のそんな言葉とともに自動ドアが閉まると、香苗は拓也を見た。

改めて向き合った彼は、確かに拓也なのだけど、香苗の思い出の中にいる姿と少し違っていることに気づく。

昔から背の高い人だったけど、その頃よりさらに体が大きくなったと感じるのは、少し肩幅が広くなり、肩から胸にかけてしっかりとした厚みができて、大人の男性らしい体格になっているからだろうか。

顔も、スッキリとした目鼻立ちはそのままに、大人の風格が備わったという感じだ。

(拓也君なのに、違う人みたい……)

事実、救命救急医として働く彼は、もう香苗が知る矢崎拓也ではないのだろう。


「香苗?」

先ほどまでとは異なる冷ややかな声で名前を呼ばれて、香苗はハッとする。

あれこれ考えて、ついぼんやりしてしまっていた。

視線を上げると、大人の顔をした拓也と目が合ったが、自分に向けられる彼の眼差しも冷めたもので、付き合っていた頃のような親しみを感じさせない。

「さっきは悪かった」

「え?」

「今さら俺が君の婚約者を名乗って」

そう言われて、先ほどの水守とのやり取りに拓也が割って入ってくれたことを思い出す。

彼の突然の登場にも、その発言にもかなり驚かされたけど、そのおかげでピンチを免れた。

(さっきのは、ただの演技だったんだよね)

優しく名前を呼び、香苗は自分のものだと主張するように、視線で水守を威嚇した拓也の姿に、一瞬時間が巻き戻ったような気がした。

でもそれはただの錯覚で、この距離感こそが、今の自分たちの正しい姿なのだと香苗は自分に言い聞かせる。

「驚きはしたけど、怒ってはないです。というか、助けていただいて、ありがとうございます」

どうにか気持ちを落ち着かせて、香苗は拓也に頭を下げた。その頭上に、彼の声が降ってくる。

「婚約したんだな」

「え?」

驚いて顔を上げると、拓也は香苗から視線を逸《そ》らして横を向く。

不機嫌にも見える彼の横顔は大人びていて、初対面の男性と話しているような錯覚を覚えた。

そんなふうに感じてしまうだけの時間が、経っているのだ。その事実が、香苗の胸を切なくさせる。

「香苗は九重総合医療センターのひとり娘なんだし、婚約者がいても不思議じゃないからな……」

短い沈黙の後、拓也が言う。その口調は、かなり不満げだ。

婚約者がいるのに、不適切な発言をする患者の対応に手こずっていた香苗に、あきれているのかもしれない。

香苗は首を横に振る。

「あれは、さっきの患者さんにあきらめてもらうための嘘で。私には恋人もいません」

「え？」

拓也が目を丸くして香苗を見た。

不意の表情に高校時代の面影を感じて、自然な思いで「好きな人はいますけど」と付け加える。

大人になった彼の姿に驚いてはいるけど、それでもこうやって向き合うと、今も自分は彼のことを愛しているのだと思い知らされる。

もちろんそれは香苗の一方的な思いにすぎない。

この冷めた態度を見れば、拓也が、香苗に対して昔のような感情を抱いていないことが察せられる。

ふたりが別れて十年以上経っているのだ。その間に、彼にも様々な出会いがあったはず。

しかも大人になった彼は、以前にも増して魅力的な男性になっている。

(きっと拓也君には、特別な人がいるよね)

素敵な恋人どころか、それこそ結婚していてもおかしくない。

今さら香苗の気持ちを伝えて拓也に迷惑をかけるつもりはないが、せめて〝好き〟という言葉だけは口にすることを許してほしい。

「片思いだけど、すごく好きな人がいるんです」

思いの丈を込めた香苗の言葉に、拓也は興味なさげに視線を遠くに向ける。

「そうなんだ」

素っ気ない声に、彼にとって香苗と付き合っていたことは、遠い過去の思い出にすぎないのだと理解する。

「えっと……では矢崎先生、コンビニに案内させていただきます」

そんな彼に今さら告白めいたことを口にした自分が急に恥ずかしくなる。香苗は、急いで話題を変えた。

そしてそのまま歩きだそうとした時、閉じていたエレベーターのドアが開き、中から同僚の千春が姿を見せる。

なにか用事の途中なのだろう。千春の手には、数種類のファイルが握られている。

「あれ、九重さん……」

開いたドアの先に香苗がいたことに驚く千春は、その隣に立つ拓也に視線を向けて目を丸くする。

声にこそ出さないが、突然のイケメンの登場に驚いているようだ。

「デート？」

エレベーターから降りた千春は、素早く香苗に近づき、拓也には見えないよう口元をファイルで隠して囁《ささや》く。

（仕事中に、そんなわけないでしょ！）

心の中で千春にツッコミを入れつつ、拓也を紹介する。

「こちらは依田先生のお客様で、ふじき総合病院に勤務されている矢崎先生。依田先生に頼まれて、コンビニまでご案内するところよ」

そうやって彼を名前でなく名字で呼んで、今さらながらに十年以上という時の経過を感じる。

拓也の近況が気にはなるが、今さら香苗が詮索するようなことではない。

胸に渦巻く複雑な思いを振りきって、香苗は拓也に視線を向ける。

「それでは矢崎先生、コンビニに案内させていただきます」

香苗がそう言うと、千春も本来の目的を思い出したのだろう。ファイルを持ち直して、拓也にペコリとお辞儀をした。

「じゃあ、後でね」

香苗には小さく手を振って、千春はその場を離れていく。

その背中を見送った香苗は、改めて拓也にお辞儀をする。

「こちらです」

香苗は手で進む方角を示してから歩きだそうとした。

でも拓也が、腕を摑んでそれを引き留める。

「少し話す時間をもらえないか？」

感情の読み取れない声で拓也が言う。

「すみません、仕事中ですので」

彼の発言の意図がわからない香苗は、高鳴る鼓動を悟られないよう素っ気なく答えた。すると拓也は、スーツのポケットからスマホを取り出す。

「じゃあ、今の連絡先を教えて。香苗、いつの間にか番号変えただろ」

「え？」

香苗がスマホの番号を変えたのは、大学に進学するタイミングだ。

それを知っているということは、別れて二年以上経ってから拓也は香苗に連絡を取ろうとしたことになる。

（なんのために？）

それを疑問に感じるのとともに、それほど長い間、彼のスマホの中には香苗の連絡先が保存されていたことに驚く。

一瞬そのことがうれしかったけど、逆を言えば、拓也にとって香苗の連絡先はわざわざ消す必要もない程度の情報だったのかもしれない。

香苗は、別れた後何度も拓也に連絡してしまいそうになり、そんな自分にあきらめをつけさせるために彼の情報を消去した。それでも、もしかしたら彼の方から連絡をくれるかもしれないと心のどこかで期待してしまう自分が嫌で、番号を変えたのだ。

「この前の講習を途中で帰っただろ。改めて受講するつもりなら、別日の講座を紹介したいんだ」

その説明で、彼が自分に連絡先を聞いた理由を理解する。

（そうだよね。拓也君にとって、私はその程度の存在だよね）

それなら、頑なに断る方が不自然だろう。

「わかりました。ただ私のことは、名前でなく名字で呼んでください」

彼に名前を呼ばれるたびに心が落ち着かないので、そう条件をつけて、拓也に自分の連絡先を教えた。

そんな感情を押し隠した香苗の言葉に、拓也は「わかった」と、素っ気ない口調で返してスマホを操作した。

◇◇◇

「そういえば、さっきのアレはなんだったんだ？」

「さっきの？」

寿司屋のカウンター席に座る拓也は、隣の友人にとぼけてみる。

カウンターに並んで一緒に食事をしているのは、大学で共に学んだ医師の依田隆《りゅう》司《じ》だ。

先日、講師として赴いた講習で、かつて恋人だった九重香苗に再会して驚いた。

彼女と話したいという思いはあったが、短いやり取りでは時間が足りない。

まずは講師の役目を果たし、その後で香苗を引き留めて話す気でいたのだが、講習が終わる前に香苗は体調不良を訴え帰ってしまった。

ただ彼女が残していったアンケート用紙のおかげで、香苗が看護師になったことや、勤務先を知ることができたのだ。

それを見て、長年再会を夢見ていた彼女が、思いのほか近くにいたことにどれだけ驚いたことか。

しかも香苗が勤務している病院には、学生時代仲のよかった隆司がいたので、さっそく連絡を取り、互いの休みが合う日にまずは食事の約束をした。

とりあえずは、今の香苗の様子を少しでも知ることができれば満足――そう思い、見学を口実に遠鐘病院で待ち合わせをしたのだが、いざ訪れてみると、香苗が患者に絡まれている場面に遭遇してかなり焦った。

それで後先考える余裕もなく、香苗は自分のものだと主張してしまった。

別れた後、ためらいなく連絡先まで変えていた香苗からすれば、今さら恋人面する拓也の姿はかなり滑稽なものとして映っただろう。

それが恥ずかしくて、その後はまともに彼女の目を見て話すことができなかった。

「アレってなんだ？」

「とぼけるなよ。さっき、どうして僕に患者さんを任せたの？」

隆司が唇を尖《とが》らせて言う。

一浪して医大を卒業している隆司は、今年で三十歳なのだが、共通の知人の披露宴などの席で一緒にいると、よく拓也より年下に間違えられてむくれている。

そして職業を医者だと明かすと、なかなかの高確率で、小児科医と決めつけられてしまう。

本人はそういった誤解の原因は童顔な顔立ちにあると思っているようだが、拓也としては、不満があるとすぐに唇を尖らせたりむくれたりする彼の素直すぎる仕草にその理由があるのだと考えている。

実年齢より幼い印象というのは見た目だけの話。外科医としての技術は確かで、医師としても人としても信頼できる存在だ。

「普段の矢崎ならそんな口出ししないだろう。それに看護師の九重さんの表情も硬かった。なにがあった？」

隆司なりに、場の雰囲気でなんらかの事情を察していたようだ。

「本人たちに、理由を聞かなかったのか？」

とりあえず探りを入れると、隆司は首を横に振る。

「九重さんとは行き違いになって話を聞けなかった。患者さんの方は、不機嫌な顔で病室に戻るまでだんまりを決め込んでいたよ」

隆司は不満げな口調で話し、前に置かれた鯛《たい》のにぎりを口に運ぶ。

「なるほど」

納得した拓也は、香苗と高校生時代付き合っていたことを伏せて、彼女が自分の高校の後輩であることを説明した。

「へえ。そんな偶然もあるんだね」

隆司は純粋に香苗と拓也の再会を驚いている。

（どうせなら、偶然じゃなく運命と呼んでもらいたいところだ）

拓也は心の中で独りごつ。

「でも矢崎と九重さん、学年違うのによく顔を知っていたね。彼女の家が有名だから？」

そんな話し方をするということは、隆司は香苗の実家が九重総合医療センターであることを知っているのだろう。

「高校生の時に大ケガをして入院したことがあるって、昔、話したのは覚えているか？」

香苗が実家の病院の知名度のせいで面倒な思いをしていないことを祈りつつ、芽ネギのにぎりを食べて拓也が聞く。

「ああ、医師を志すきっかけになったって話していたケガのことだろ。生死の狭間をさまよった自分を救ってくれた先生のような医師になりたいって思ったんだよな」

隆司の話はかなり曲解されている。

確かに、歩行障害が残る可能性もある大ケガはしたが、生死をさまよった覚えはない。

ただその時、頭も負傷し、かなりの出血もあったそうで、対応が遅ければそういった可能性もあったのだろう。

とはいえ結果としては額の傷を含め、医師の適切な処置とその後の丁寧な治療のおかげで、傷は完治して今は普通に歩くこともできている。

それまで漠然とした気持ちで理数科を選択していた拓也だったが、その時の医師の姿に感銘を受けてこの道を志すようになったのも事実。

だから隆司の勘違いを訂正することなく聞き流しておく。

「その入院先が彼女の父親が経営する病院だったんだ。退院後も、何回か手術を受けたし、長い間リハビリに通っていたから面識ができたんだよ」

「なるほど」

足の手術痕を見たこともあるので、隆司は納得してくれたようだ。

普通に考えれば、いくら親が院長を勤める病院とはいえ、患者がそこの娘と面識を得るなんて不自然な話なのに。

そのことに疑問を持たない隆司にあきれつつ、拓也は右の額に残る古傷を指で撫でる。

本来なら、香苗が事故のことに負い目を感じることなく、元気に過ごしていることを喜ぶべきなのだろう。

そうは思うのだけど、やっと再会できた彼女に、他に想う人がいると知り、冷静ではいられない。

どれだけ時間が経とうとも、拓也にとって香苗だけが、己の人生のすべてをかけて愛すべき人なのだから。

「それで、さっきのアレはなんだったんだ？」

隆司の声が、拓也の意識を現実に引き戻す。

てっきり最初の質問のことは忘れていると思っていたのだが、覚えていたらしい。

「コンビニを探してふらついていたら、あの車椅子の患者が九重さんの手を摑んで面倒な絡み方をしているようだったから、止めに入ったんだよ」

自分たちの関係を勘ぐられないよう、最初ははぐらかすつもりでいたが、よく考えたら隆司の耳に入れておいた方が香苗のためだ。

そう思い直して、自分がなんと言ってふたりの間に割って入ったかは伏せて、簡単に説明する。

「なるほど。九重さんが不快な思いをしないよう、看護師長の耳に入れておく」

拓也が望んでいた台詞を引き出すことができたことに胸を撫で下ろす。

「まあどのみち、彼はもうすぐ退院するから、そうなれば九重さんが絡まれる心配はなくなるけど」

続く隆司の言葉が、拓也をさらに安心させた。と思ったのだが、その後に続く言葉が拓也を不安にさせる。

「九重さん、医師だけじゃなく患者さんにも言い寄られるなんて大変だよね」

「え？」

思わず驚きの声が漏れた。

そんな拓也の反応を気にすることなく、隆司が言う。

「もともと美人な上に、九重総合医療センターのひとり娘だから、婿養子の座を狙って言い寄る医師は絶えないよ」

その言葉に、胃の底をヤスリで擦《こす》られたような不快感を覚えた。

（地位を目当てに彼女に言い寄るような奴らなど、ライバルと思いたくもない）

ふたりが付き合っていたのは、高校背時代の話だが、拓也の思いはあの頃となにも変わっていない。

別れ話を受け入れたのだって、香苗を思ってのことだ。

当時、高校生で人間として未熟な自分では香苗にふさわしくないと思ったから、ひとまずの別れを受け入れただけで、彼女をあきらめたつもりはない。

もとより一人前の医師として認めてもらえる立場になれたら、改めて香苗にプロポーズをするつもりでいた。

そして研修医期間を終え、ふじき総合病院の救命救急医としての勤務が決まった時に、どれだけ離れて過ごしても色褪せることのなかった想いを胸に香苗に連絡を入れたのだ。

しかしその頃には香苗の電話番号が変わっていて、彼女に連絡を取ることは叶わなかった。

母の再婚相手との折り合いが悪く、地元を離れて久しい拓也には、そうなってしまうとその後の香苗の状況さえ知りようがない。

そのことに、どれだけ落胆したことか。

香苗のためとはいえ、拓也が素直に別れを受け入れることができたのは、彼女との強いつながりを信じていたからだ。

あの時の拓也には、今にも泣きだしそうな顔で別れ話を切り出す香苗が、本気で心変わりしたようには思えなかった。

ただ当時の自分は人としてまだ未熟で、そのせいで香苗にそんな顔をさせてしまうなら、ほんのひと時別れたほうが彼女のためになると思っただけだ。

たとえ一度別れたとしても、自分たちは必ず結ばれる運命にある。そんな自信は、拓也ひとりの勝手な思い上がりなのだと、いつの間にか使用されなくなっていた番号に電話したことで思い知らされたのだ。

そのことを悲しく思う反面、それがなんだという思いもあった。

香苗に対する想いが一方通行のものだからといって、拓也にとってそれは、あきらめがつくような感情ではないのだ。

いつか香苗に会えることを信じ、再会を果たした時に、彼女にふさわしい男に成長できたと胸を張れるよう医師として邁進《まいしん》するだけだった。

そうやって救命救急医としての日々を過ごし、ついに再会を果たした香苗は、拓也に、名前ではなく名字で呼んでほしいと言った。

それはつまり、彼女にとって自分との関係は触れられたくない過去ということなのだろう。

「しかしそれで結構」

「なにか言ったか？」

お茶をすする拓也の呟きに、隆司が素早く反応する。

「なんていうか、人間関係をリセットするのも悪くないと思って」

香苗との関係を想い、呟く拓也に隆司が悲壮感ある表情を浮かべる。

「僕、矢崎に絶交されるようなことした？」

その発言に、思わず噴き出す。

もちろん、そういう意味ではない。

香苗が自分との関係を完全に過去のものにするのであれば、それでいいと思っただけだ。

すべてを過去のこととして、今度こそ、香苗と対等な関係で恋愛を始めていけばいい。

「なんで笑ってるの？」

情けない声で悲鳴をあげる隆司の背中をポンポンと叩いておく。

そして旧友との食事を楽しみ、駅で別れた拓也は、電車に揺られながら高校生時代の日々に思いをはせた。

香苗とは、拓也が通っていた高校のオープンキャンパスで知り合った。

強風にあおられバランスを崩した展示物が倒壊するというアクシデントで、拓也は彼女をかばうような形でケガをしたのがきっかけだ。

優しい香苗が、拓也のケガに責任を感じて頻繁に見舞ってくれたことで、徐々に仲よくなっていた。

もちろん拓也は香苗に、自分のケガの責任を感じる必要はないと何度も説明した。

オープンキャンパスに訪れた高校で運悪く事故に遭遇した香苗は完全なる被害者だ。

在校生として、彼女にケガがなかったことに感謝していた。

そう思いつつ、香苗の見舞いを断りきれなかったのは、拓也の心が弱かったからだ。事故に遭うまでは、勉強の傍ら部活動にも励んでいて、陸上部の注目選手としてもてはやされていた。

ちょうど大きな大会も控えていたが、事故によるケガのため、出場のチャンスを失ったのだ。

時間をかければ運動機能が回復すると言われても、それにかかるリハビリ期間を考えれば高校生時代に選手として復帰することはあきらめなければならなかった。

香苗を助けたことに後悔はないが、それだけでは割りきれない感情があったのも事実。

ひとりでいたら、きっと耐えられなかっただろう。

だから入院中、毎日のように拓也を見舞い、明るい表情でたわいない話をたくさんしてくれる香苗の存在には随分救われていた。

別にオリンピック選手を目指していたわけじゃない。彼女の笑顔を守れたのなら、自分のケガなど安いものだ。そう自分に言い聞かせて納得できるだけの価値が、香苗と過ごす時間にはあった。

香苗は中学三年の受験生で、自然と彼女の勉強を見るようになり、退院後も図書館で待ち合わせをするなどしてその関係を続けていた。

もちろん拓也にとって香苗は、妹に近い存在で、恋愛対象としては映っていない。

だけど高校生になった彼女が同級生の男子と仲よく話す姿に焦りを覚えたことで、己の恋心を自覚したのだ。

誰かにそれがいつ芽生えた感情なのかと問われても、拓也自身うまく答えることはできない。

でも入院している拓也の部屋を彼女が見舞ってくれた時から、感情のトゲのようなものを感じさせることのない香苗の性格を好ましく思っていたし、そんな彼女を守れたことに誇りさえ感じていた。

そういった思いが、時間をかけて恋愛感情に成長していったのだろう。

そして一度自覚した恋心を抑えられるほど、自分は器用な性格をしていない。

＊＊＊

「俺、香苗ちゃんが好きだ」

香苗が高校に入学して一週間ほど過ぎた日の放課後。神妙な顔で一緒に帰ろうと声をかけてきた香苗に、突拍子もないタイミングで告白をしてしまった。

唐突な告白に、香苗はかなり驚いていた。

もともと大きな目を、さらに大きく見開いて言葉もなく拓也を見上げていた。

そんな香苗の顔を見てフラれることを覚悟しながら、その表情に惚れ直してしまう自分に、内心あきれていた。

「ごめん。やっぱり今の……」

香苗を困らせたいわけじゃない。

自分の想いが迷惑になってしまうくらいならと、告白をなかったことにしようとした時、香苗が下を向いて「うれしい」と呟いた。

「え？」

自分の聞き間違いかと思って聞き返して、初めてうつむく香苗の耳が真っ赤なことに気づいた。

「うれしいです」

律儀な香苗は、真っ赤になりながらも再度気持ちを言葉にしてくれる。

その姿を見て愛おしさで胸がいっぱいになった拓也は、この先の人生で香苗以外の女性を好きになることはないだろうと予感したのだった。

そうやって付き合い始めてすぐに、その予感は確信に変わっていったが、ふたりの交際を知った香苗の父親には強い反対を受けた。

香苗を家まで送った際に、拓也は香苗の父にキツい口調で『君と娘では育った環境が違いすぎる。悪いが君では娘にふさわしくない』とまで言われたこともある。

でもその数日後、九重総合医療センターを受診する拓也のもとを香苗の父が訪れて、その非礼を詫びてきた。

「失礼なことを言って申し訳なかった」

高校生の拓也相手に深々と頭を下げた香苗の父は、こう続けた。

「娘を助けてもらったことに感謝しているが、香苗は君の傷痕を見るたびに、君に罪悪感を抱くことになる。そんな人が相手では、対等な関係を結べない」

「――ッ」

その言葉は、図星を突いていた。

拓也自身心のどこかで、香苗が自分の告白を受け入れたのは、ケガに負い目を感じているからではないかという思いがあったからだ。

自分でも姑息《こそく》だとあきれるが、それでも香苗が他の男に取られたらという焦りを抑えられずに告白をした。

誰にも話したことのない自分の後ろめたい部分を突かれて黙り込む拓也に、香苗の父親は言う。

「娘の幸せを思って、別れてもらえないか」

「香苗さんを好きだからこそ、俺にその決断をすることはできません」

利己的ともいえる拓也の返答に、香苗の父は表情を変えずに口を開く。

「ではせめて、どうしたらあの子を幸せにできるか、それを考え続けてほしい」

その言葉に拓也は「はい」と、力強く答えたのだった。

香苗を幸せにするためになら、どんな努力でもする。

拓也が立派な医者になれば、彼女の父もふたりの関係を認めてくれるはず。

そう信じて交際を続けていたのだけど、その年の冬に、香苗に別れを切り出されたのだった。

「ごめんなさい。私やっぱり、拓也君のことが重いかも」

香苗にそう言われた時に引き留めることができなかったのは、香苗の父の言葉があったからだ。

『せめて、どうしたらあの子を幸せにできるか……』その約束を破ってまで、香苗のそばにいることはできないと思い、別れを受け入れた。

その理由のひとつに、その頃の拓也は母の再婚相手である石倉宏《ひろし》との折り合いも悪く、奨学金などを頼って医大に進む覚悟をしていたというのもある。

そうなれば、自分の暮らしを支えるのに精いっぱいで香苗に寂しい思いをさせることになるだけなのもわかっていた。

だから彼女の幸せを思うなら、一度香苗と別れ、ケガを完治させ、医師として一人前になったら再度告白しようと決めていたのだ。

そしてその時こそ、彼女と対等な関係で永遠の愛を誓えると信じていた。

4・新しい関係

遠鐘病院のエレベーターの前で拓也と遭遇してから十日、日勤の香苗が食堂で昼食を食べていると、向かいの席にトレーが置かれた。

「ここ座っていい?」

視線を上げると、医師の依田が椅子に手をかけている。

「どうぞ」

仲のいい同僚とは休憩のタイミングが合わず、ひとり読書をしながら食事をしていた香苗は返事をして本を閉じた。

「九重さんは勉強熱心だね」

香苗が読んでいたのが医療系の本だったのを見て依田が言う。

「患者さんの話を聞いていたら、気になることがあって」

そんなふうに言われると、ガリ勉だとからかわれているようで少々恥ずかしい。でも依田は、それ以上そのことに触れることなく、すぐに話題を変える。

「九重さん、矢崎と地元が同じなんだってね」

他にも席が空いているのに、彼が香苗の向かいを選んで座ったのは、その話をしたかったからのようだ。

エレベーター前で拓也と遭遇して以降も、依田と顔を合わせてはいたが、プライベートな話をする暇はなかったのでこのタイミングになったらしい。

「矢崎先生は、私のことをなんて言っていましたか？」

まずは拓也が自分のことを依田にどう話したのか知りたい。

「高校が同じだったっていうのと、九重さんの実家の病院に矢崎が入院したことがあるって話は聞いたよ」

香苗の質問にそう答えて、依田は昼食のうどんをすする。

「そう……ですか」

つまり彼は、ふたりが付き合っていたことには触れていないのだ。

拓也にとって、香苗との関係は、友人に伏せておきたい情報なのだろう。

自分が彼にしたことを考えれば当然のことと思いつつ落ち込んでいると、依田がこちらに身を乗り出してくる。

「矢崎って、どんな学生だったの？　友達いた？　女子にはモテた？　なんかアイツの恥ずかしい過去知らない？」

依田は興味津々といった感じだ。

彼は普段から親しみが持てるキャラで、患者ウケもいい。

香苗より年上だが前のめりになって目を輝かせるさまは、失礼だが、大人に本の読み聞かせをせがむ子供のようだ。

それをおかしく思いながら、香苗は首を横に振る。

「学年が違ったので、そういうのはわからないです」

恋人としての拓也のことはいっぱい知っているが、今の自分が、昔の彼のことを語るのは違う。

「そうだよね」

依田がつまらなさそうな顔をする。

「逆に、矢崎先生は大学ではどんな人だったんですか？」

それで会話が途切れてしまうのも申し訳ない気がして、逆に聞き返してみた。

すると依田は、少し考えてから言う。

「成績優秀で、教授陣の信頼も厚い。そしてムカつくぐらい女子にモテてたけど、告白されても『好きな子がいるから』って、いつも断ってた」

園子《そのこ》ちゃんにも口説かれていたのに。と、依田は口の中で言葉を転がす。

たぶん学生時代、依田が好意を寄せていた女性なのだろう。

「そうなんですね」

高校時代の拓也を知っているだけに、なんとなく想像がつく。

「まあ、矢崎の彼女はすごい美人だったから、一途になっちゃう気持ちもわかるけど」

依田としては、なにげない発言なのだろう。だけどそのひと言に、香苗は心臓を握りつぶされたような痛みを覚えた。

「矢崎先生のお相手の方は、きっと素敵な女性なんでしょうね」

思わず胸元を押さえる香苗の戸惑いに気づくことなく、依田はうどんのかまぼこを箸でつまみ上げて答える。

「すごくセクシーな美人。学生時代、思いつきでアイツの部屋に泊めてもらおうとして訪問したら、矢崎のTシャツと短パン着た美女に出迎えられて驚いたよ」

当時、依田が借りていた部屋より、拓也が借りている部屋の方が大学に近かったので、時々そういうことがあったのだという。

その日も実習で遅くなり、男友達の気軽さで、連絡もせずに拓也の部屋を訪問したのだという。そして、当然のように拓也の服を着た美女に出くわしたそうだ。

「そう……なんですね」

偶然の再会に運命のようなものを感じていたけど、それは香苗の身勝手な妄想で、別れた後の拓也には新しい恋人がいたらしい。

今もその人との関係が続いているかは不明だけど、つくづく拓也にとって自分の存在はその程度なのだと思い知らされる。

(それなら、私の婚約者を名乗ってほしくなかったな)

拓也からすれば、あの場をおさめるために、よかれと思っての行動だ。

それがわかっていてもつらくなる。

「九重さん、どうかした?」

箸をどんぶりに預けた依田が、自由になった手を顔の高さでヒラヒラさせた。

香苗は慌てて首を横に振る。

「なんでもないです。……私そろそろ休憩時間が終わるので戻りますね」

壁時計に目をやり、香苗は立ち上がる。

「午後もよろしく」

ひらりと手を振る依田にお辞儀をして、香苗は、さっき傍らに置いた本を小脇に挟みトレーを持って立ち上がった。

食器を返却口に戻した後で、トレーにのせていたスマホにメッセージが届いていることに気がついた。

ロック画面を解除すると、拓也からのメッセージが表示される。

内容としては、前回香苗が途中退席したのと同じ講座が月末に開かれるのだが、そこに空きができたのでどうかという内容だった。場所は都内だという。

連絡先を交換してから、拓也からは何度か食事に誘われているが、今の彼とどう向き合えばいいかわからなくて、シフトを口実に断り続けていた。

今回のメッセージは、そういったものとは内容が違う。

香苗が変に構えないよう気遣ってくれたのか、拓也は講師を務めないことも書き添えられている。

その日は、香苗の休みと重なっている。

ちょうど向こうも休憩中だったのか、既読マークがついたのを見計らったように、拓也から【受講するならこのまま俺が申し込んでおくが？】という内容のメッセージが届いた。

そこまで甘えてもいいのか一瞬迷ったが、話を持ってきてくれたのが拓也なのだ。

その申し出を断って、自分で申し込む方が、相手を意識しすぎていて不自然かもしれない。

（拓也君は、ただの先輩として私を気にかけてくれているだけなんだもんね）

あれこれ考えるのをやめて、香苗は拓也に申し込みを任せることにする。

すると拓也から了解を意味するスタンプが送られてきて、そのまま食事に誘われてしまった。

今後、自分が指導する際の参考にしたいから受講する側の感想を聞かせてほしいと言われると、断る理由が見つからない。

それで結局、香苗は講座を受ける日の夜に拓也と食事をする約束をした。

◇◇◇

「よっしゃ！」

ふじき総合病院の救急外来で自分のスマホ片手に、拓也は小さくガッツポーズを決める。

香苗と連絡先を交換してからこれまで、何度か彼女を食事に誘ってみたが断られ続けていた。

だが拓也としては、何度断られたところであきらめるつもりはない。ＯＫをもらえるまで、あれこれ口実を見つけて香苗を誘うまでだ。

そして今回、前に香苗が受講を逃した講座に空きを見つけて声をかけてみた。

そしてそれをとっかかりに食事に誘ってみたところ、やっと承諾してもらえた。

「矢崎先生がはしゃぐなんて珍しいな」

先輩医師の金沢《かなざわ》芳輝《よしき》がこちらを見ている。

普段クールと言われることが多い拓也のガッツポーズが珍しかったのだろう。金沢の声に、それを面白がっている響きがある。

「地元の知り合いに頼まれ事をしただけです」

自然とニヤける口元を拳で隠して、香苗からのメッセージに返信を送る。

「頼まれ事をされて喜ぶなら……」

そう言いながら金沢が差し出してくるのは、研修医の佐々木《ささき》智則《とものり》がまとめたレポートだ。

「彼の研修担当は、金沢先生です。それにまだ俺は、指導医の講習を受けてません」

研修医の指導は、医師なら誰でもできるというわけではない。

医師とは時に人の命をあずかる職業だ。そのため新人医師の指導をする者には、それに値するだけの知識と経験が必要になる。

そのため指導医になるには、臨床経験が七年以上であることに加え、厚生労働省が定める指導医講習会を受講する必要がある。

二十九歳の拓也は、医師としてはまだまだ学ぶ側の人間だ。

拓也の返事に金沢は肩をすくめて、レポートを自分が座っているデスクに戻した。

「佐々木君は、矢崎先生に懐いているから押しつけようと思ったのに」

「それは、俺の方が、年が近くて話しやすいっていうだけです」

救命救急の場で妙な気遣いを生じさせないためにと、金沢は普段から、役割や年齢に関係なく医療スタッフと気さくな雰囲気で接してくれている。

それでも研修医の佐々木からすれば、もう五十に手が届く金沢ははるか頭上の存在で、話していると緊張してしまうらしい。

それに比べれば、年齢の近い拓也は肩に力を入れることなく話せる存在らしく、金沢をわずらわせるほどではないが確認しておきたいことは、拓也に聞くことが多い。

「だとしてもだ」

金沢が言う。

「同じ医療の道を志す者として、担当でなくてもできるだけの手助けをするのは当然です」

拓也は自分の素直な考えを口にする。

世の中にはゴッドハンドと呼ばれる名医もいて、天才的とも言える優れた技術で多くの命を救っている。

ありがたいことに拓也自身、若手のホープと評価されている。

だけどどれだけ優れた人間でも、ひとりの医師が救える命には限りがある。より多くの人の命を救いたいと思うのであれば、医療従事者全体の潜在能力を向上させていくべきだ。

そう思うからこそ、忙しい合間を縫って、ふじき総合病院の勤務に関係のない講習の指導などにも参加させてもらっている。

「矢崎先生は真面目だよな」

金沢が言う。

「でもそうやって真面目に頑張っていると、神様がご褒美をくれることもあるようです」

拓也は手にしたままのスマホに視線を落とす。

(香苗との再会は、神様からご褒美をもらったような気分だ)

「それで、好きな子になにを頼まれたんだ？」

「え？」

金沢の不意の言葉に、拓也は目をしばたたかせた。

その反応を面白がりながら金沢が言う。

「日々激務に追われている身で、仕事が増えて喜ぶのは、頼み事をしてきた相手に好意を持っているからだろ」

確かにそのとおりだ。

救命救急の現場は激務だし、その合間に論文の作成などもあるので、正直かなり忙しい。

それでも香苗のためなら、どんなことでもしてあげたいと思う。

それは見返りを求めてのことじゃない。好きな相手を応援したいというのは、人間の自然な衝動なのだろう。

もちろんそれとは別で、やっと再会を果たすことができた香苗をあきらめるつもりはない。

どれだけ時間をかけてでも、彼女がもう一度自分を好きになってくれるよう努力するつもりでいる。

「その調子じゃ、教授の娘さんとの縁談は断ったんだな」

「いつの話をしているんですか」

少し前に、医局長を介して、大学病院で教鞭《きょうべん》をとる教授の娘との見合いを持ちかけられた。

先方のお嬢さんが、知人を見舞ってふじき総合病院を訪れた際に、救命救急医として看護師に指示を出す拓也の姿を見かけてひと目惚れしたのだとか。それが発端となり、教授自身も拓也の人柄を気に入り、ぜひにとのことだった。

だが拓也は、その場でその縁談を断った。

拓也は長年香苗だけを愛しているのだから、他の女性との結婚なんてありえないと思っている。

だから断る際、『自分は心に決めた人がいる』と正直な理由を伝えたのだが、医局長にはかなり疑わしげな顔をされた。

拓也にはこれまで浮いた噂ひとつないので信じられなかったようだが、見る角度を変えれば、それほど一途にひとりの人を思い続けてきたということではないか。

「でも教授はあきらめてないそうじゃないか。結婚したら、救命救急から循環器外科に移動して出世コースまっしぐらだぞ。……とはいえ、その縁談にこだわる必要もないか。他の教授からも縁談を持ちかけられているそうじゃないか」

金沢は、自分の耳を引っぱってニヤリと笑う。

そしてどこで話を仕入れてくるのだか、そのままこれまで拓也が断ってきた見合い相手の名前を列挙していく。

その中には、普通に告白をしてきた病棟看護師の名前も含まれているので、もしかして彼は秘密裏にスパイでも雇っているのではないかと疑いたくなる。

「俺は、出世には興味がありませんから」

拓也は面倒くさいと肩を上下させる。

「現場主義に走って、後でもったいないことをしたと思って後悔しても知らんぞ」

そんな忠告をする金沢も現場主義で、プライベートな酒の席では『権力闘争に参加して神経すり減らすくらいなら、現場主義でいたい』と話している。

「後悔なんてしませんよ」

(なんにせよ無駄話はこのくらいにして仕事をしよう)

拓也が体をパソコンに向けると、金沢が思い出したように言う。

「もしかしてお前の好きな人って、前に病院に来たことのあるあの美人か？」

その言葉に、拓也は肺の奥から空気を絞り出すような深いため息をついて、金沢に向き直る。

「前にも言いましたけど、彼女は母の再婚相手の娘です」

「義理の妹ってやつか？」

「俺は母の再婚相手の籍には入っていないので、厳密に言えば戸籍上の義理の妹にもなりません」

つい突き放すような物言いになるのは、母の再婚相手のである宏と、その連れ子である石倉彩子のことが人間として好きになれないからだ。

その辺のことは前に金沢にも話したことがあったのだが、忘れているようだ。

当時のことを思い出すと、今でも不快な感情がこみ上げてくる。

両親の離婚以降、女手ひとつで自分を育ててくれた母が幸せになれるのなら、拓也は再婚を反対するつもりはなかった。だがその相手が父親然として、拓也の人生にまで口出ししてくるのは納得がいかなかったのだ。

それなのに進路に散々口出しし、拓也がそれに従わないことで、両者の不仲は決定的なものとなった。

せめて医学部進学の反対理由が、学費が高額だからというようなことなら理解できる。

しかし宏が反対する理由は、〝医者は労力と対価のコスパが悪い〟というものだったのだ。

『多くの時間と金をかけて国家資格を取っても、手術でミスをすれば訴えられるリスクもある』『他人のためにそんなリスクを負って働くぐらいなら、その労力を俺の会社を発展させることに使え』

訳知り顔でそう命令してくる母の再婚相手の支援を受けてまで大学に進みたいとは思わなかった。ましてや家族として、親しく接する気にはなれない。

そもそも拓也は、母やその再婚相手に経済的負担をかけることなく、奨学金を利用するなどして進学するつもりでいたのだ。

そういったこともあり高校卒業後は地元を離れ、計画通り医師への道を進み、今に至る。

そんな経緯があるので、拓也には石倉親子が自分の家族だという認識はない。だというのに、彩子の方は一方的に拓也の妹を名乗り病院まで押しかけてきたことがある。

それにどれだけ迷惑したことか。

学生時代など、母親に預けていたアパートの合鍵を勝手に使って、家に上がり込まれたこともある。

断りもなく部屋に上がり込まれただけでも不愉快なのに、勝手に拓也の服を着て我が物顔で振る舞う彩子にはあきれるしかない。

しかも彼女がどうしても泊まると言って部屋を出ていかなかったので、拓也はその日はネットカフェで一夜を明かす羽目になったのだ。

そういったことをかいつまんで話すと、金沢が訳知り顔で言う。

「向こうはお前に気があるんじゃないのか？」

拓也もそうなのだろうとは感じている。だけど……。

「惚れてもいない女に愛されても迷惑なだけです」

拓也の言葉に、金沢が「わ〜ムカつく」と笑った時、外線が鳴った。

救急搬送受け入れ可能かを確認するための外線電話の音に、和やかだった部屋に一気に緊張が走る。

「はい。ふじき総合病院、金沢」

電話機に近い席にいた金沢が受話器を取り、ホワイトボードに視線を走らせてから受け入れ可能なことを告げる。

「……四十代男性の駅員。駅の階段でケンカを始めた利用客の仲裁に入り、突き飛ばされたはずみで階段転落。他の駅員が駆けつけてすぐは会話ができ、胸部に強い痛みを訴え、その後、意識不明に……左腕骨折、骨突出。バイタルは……」

左手で受話器を持ち、右手でペンを持ってホワイトボードに情報を書き込んでいく。

「高エネルギー外傷による昏睡か、頭部外傷か……」

拓也は、書き出されていく文字を目で追い、その流れで時刻を確かめた。

大きなケガを負った際、受傷から止血や手術といった決定的治療を開始するまでの時間が一時間を超えるか否かがひとつの生死の分岐点、いわゆるゴールデンタイムと言われる時間だ。

その中でも最初の十分はプラチナタイムと呼ばれていて、重症患者の救命率を左右すると言われている。

事故発生後、通報を受けた救急隊員が駆けつけるまでに、すでにプラチナタイムは過ぎている。

「CT検査の空き状況確認しておいて」

拓也は、金沢にアイコンタクトを送りながら看護師に指示をする。

和やかに雑談を楽しむ時もあるが、救急搬送の連絡が入ると、空気が一変する。

不慮の事故や体調変化は、いつ起きるかわからない。不測の事態に備えて自分たちがいるのだ。

（必ず助ける）

拓也は胸の中で呟いて気を引き締める。

こういった事故の際、自分たちが接するのは患者ひとりだが、それによって救えるのは患者本人の命だけではない。

被害者家族の暮らしや感情、加害者のその後の人生も救うことになる。

（香苗）

一瞬、脳裏に事故の日の幼さが残る香苗の顔がよぎる。

もしあの時拓也が命を失うようなことがあれば、彼女はどれほど苦しんだだろう。

そう思うたび、自分を救ってくれた医療に心から感謝する。

その思いを胸に、拓也は気持ちを引き締めた。

◇◇◇

五月の末、受講を終えた香苗は、そのまま拓也と待ち合わせをしているブックカフェへと急いだ。

拓也には本を読んで過ごしているので慌てなくていいと言われているけど、彼と待ち合わせをしていると思うとはやる気持ちを抑えられない。

（こういうの、昔を思い出すな）

高校時代、拓也は香苗の授業が終わるのを、図書室で読書しながら待っていてくれた。

その頃も、拓也は急いでくる必要はないと言ってくれていたけど、一秒でも早く彼に会いたくて、香苗はいつも図書室に急いだのだった。

昔を懐かしく思いつつ道を歩いていた香苗は、ショーウィンドーの前で足を止めて自分の姿を確認する。

講座では体を動かすことも多いので、それに適した服装で参加しなくてはいけない。待ち合わせの前に着替えてもよかったのだけど、そんなことをすれば拓也に、香苗が彼との食事を心待ちにしていたことがバレてしまう。

それであれこれ悩んだ結果、ストレッチ素材の黒のパンツに、長袖のサマーニットを合わせてみた。

それだけでは寂しいので、アクセントに華美にならない程度のアクセサリーを合わせてある。

普段はヘアクリップで適当にまとめているだけの髪も、ウエーブをつけて、片方の肩からまとめて流し、メイクもナチュラルな雰囲気を崩さないよう注意しつつ頑張った。

香苗としては、カジュアルでありながらかわいく見えるよう最大限頑張ったつもりである。

数日間悩み抜いて選んだコーディネートだし、出かける前にも何度も確認したから大丈夫。

そう思っていても、いざ待ち合わせ場所が近づくと落ち着かない。

ショーウィンドーに映る自分の姿を確認していた香苗は、ガラス越しにこちらを見ている男性がいることに気がついた。

「あれ？」

香苗は小さく驚きの声を漏らして背後を確認する。

だけど振り向いてみると、途切れることなく歩行者が行き交っているだけで、足を止めてこちらを見ている人などいない。

その男性と目が合ったように思ったが、気のせいだったようだ。

「まあいいや」

気持ちを切り替え、香苗は拓也と待ち合わせをしている店へと急いだ。

そして待ち合わせの店を訪れてみると、店に入る前から窓辺の席で本を読む拓也の姿を見つけることができた。

グーの形にした指の関節で〝コンコン〟とガラスをノックすると、拓也が顔を上げた。

先日見かけた時はシックなデザインのスーツを着ていたけど、今日の彼はTシャツに着心地のよさそうな麻のシャツを羽織っている。

前のボタンを留めず袖を軽く折っている姿は、かなりカジュアルだ。

前髪を左で分けているのはいつもどおりだけど、全体的に無造作に遊ばせているヘアスタイルも手伝い、スーツ姿の時よりずっと若々しく見える。

それでいて離れていた月日が、彼を、とびっきり魅力的な大人の男性に成長させたのだと香苗は実感した。

一瞬音に驚いた表情を見せた彼だけど、窓の外にいる香苗と目が合うと、固い結び目がほどけるように柔らかく笑う。

そんな拓也の姿に、香苗の心臓が大きく跳ねる。

付き合っていた頃とは違う大人の色気を醸し出す彼の存在に、気恥ずかしいものを感じながら店に入ると、拓也が読んでいた本を閉じた。

どうやら海外物のミステリー小説を読んでいたらしい。

「どうかした?」

香苗が飲み物を注文するのを待って、拓也が言う。

テーブルの傍らに置かれた本を見て、香苗が微笑んだことに気づいていたようだ。

「相変わらずミステリー小説が好きなんだなって思って」

高校生時代も、拓也はミステリー小説をよく読んでいた。

「俺は一途だから、好きなものは簡単に変わったりしないよ」

どこか意味深なものを感じさせる声に視線を向けると、自分をまっすぐに見つめる拓也と目が合った。

その姿に、彼は今でも自分のことを好きでいてくれるのではないかと錯覚しそうになるけれど、そんなことありえないのだ。

(だって拓也君には、大学時代に彼女がいたんだよね)

先日、依田から大学生時代に拓也の部屋に女性が泊まっていたという話を聞かされた時のことを思い出して胸がザラつく。

高校時代の自分たちの交際はいたって健全なものだったし、拓也以外の男性と付き合ったことのない香苗にはそういった経験はない。

それでも大人の女性として、依田の話を聞けばその女性と拓也がどんな関係だったのかはわかる。

彼の性格をよく知る香苗としては、拓也が軽い気持ちで女性とそういった関係にならないとわかるので切ない。

注文したアイスティーが運ばれてきたのを合図に、香苗は話題を変える。

「そういえば、た……矢崎先生が医師になっていたことに驚きました」

「俺の進路、知らなかったんだ」

「ごめんなさい」

「いや。謝ることじゃないだろう」

事もなげに返して、拓也が言う。

「さっきも言ったけど、俺は一途な性格をしている。一度決めたことを、そう簡単に変えたりしない」

「確かに矢崎先生は、そういう人でした」

それは、なんとも拓也らしい意見だ。

ではあの日、彩子と拓也の母親から聞かされた話はなんだったのだろうかと疑問が湧くが、せんないことだ。

今の拓也には、他に一途に想う人がいるのだから。今さら過去を振り返ったところで、取り戻せるものはなにもない。

「九重さんこそ、どうして神奈川に？　看護師になるとしても、九重総合医療センターで働くと思っていたよ」

拓也が言う。

「最初の二年だけはそうしていたんですけど、私がいると、どうしても周囲が気を使っちゃうからよくないかなって……」

香苗は軽く肩をすくめて、自身の父が院長を務める病院で働くことのわずらわしさを話した。

なるべく明るい口調で説明し、転職で一番大変だったのは、過保護な父の説得だったとプライベートな話にすり替えてオチをつけた。

「九重さんのお父さんは、家族思いの人だから」

拓也が静かな声で言う。

九重総合医療センターの名前が重いとは思っているが、父親を嫌っているわけではない香苗としては、嫌な思いをさせたこともあるはずの彼にそんなふうに言ってもらえるのはうれしい。

そしてそのまま会話は、地元の思い出話へと流れていく。

定期的に里帰りをしている香苗とは違い、拓也は、まったく地元に戻っていないらしく、学校近くにあった書店が閉店し、跡地になにが建ったとか、共通の知り合いが結婚したといった報告の一つひとつに心底驚いていた。

拓也があまりに素直な反応を示してくれるものだから、自然と話が弾み、気がつけば香苗はかなりリラックスした気持ちで彼と話していた。

(なんだか、昔に戻ったみたいでうれしいな)

「そういえば、今日の講習はどうだった? 心配はしてないが、試験は合格できた?」

しばらく地元の話で盛り上がった後で、拓也はするりと話題を変える。

講座では、実技で『可』以上の評価を受けた上で、筆記試験を受け、一定基準を満たしている者に資格が与えられる。

前回、拓也と再会した講座は二日に分けておこなうタイプのものだったが、今回の講座は朝から夕方までかけて一日で終わるカリキュラムのものだった。

「はい。おかげさまで無事に合格しました」

「そうか、ならそのお祝いをするとしよう」

香苗がペコリと頭を下げると、拓也がボソリと言う。

「そんな、お祝いするほどのことじゃないですよ」

もともと香苗は失効した資格を取り直しただけなので、この合格は当然のものといえる。

香苗がそのことを説明しても、拓也は自分の意見を曲げない。

「だとしても合格は合格だ」

「そんなの、大げさです」

香苗が恐縮してどうにか断ろうとしていると、拓也は聞く耳を持たない。

「実はもう焼き肉店の予約をしてあるから、断られても困る。ひとりだとなかなか店に食べに行く機会がないから、栄養補給に付き合ってくれ」

つまり香苗のためのお祝いというのはただの口実で、彼が肉を食べたいということらしい。

香苗は彼を見た。

軽く折り返したシャツの袖からは、男らしい筋肉で引き締まった腕が覗いている。見せるためではなく、日々の暮らしの中で自然と備わった筋肉といった感じだ。

医師は体力勝負の仕事なので、ぜひとも栄養をしっかり取って現状維持をしてもらいたい。

「わかりました」

香苗が了承すると、拓也が一瞬表情をほころばせた。よほど焼き肉を食べに行きたかったようだ。

「近くの駐車場に車を停めてあるから……」

そんなことを話しながら、拓也が腕時計の時刻を確認する。

拓也が「頃合い的にもちょうどいいな」と呟いて、椅子から腰を浮かせた。でも次の瞬間、なぜだか不意に動きを止める。

「矢崎先生？」

どうかしたのかと、香苗は拓也が見ている方へ視線を向けてみた。

窓ガラスの向こうには街を往来する人の流れが見えるだけで、これといって目を引くようなものはない。

それなのに拓也は、窓の外に鋭い視線を投げかけている。

「あの……」

香苗が不安げな声をあげると、拓也は軽く首を振りこちらに視線を戻した。

「なんでもない」

拓也はそう言って、今度こそ席を離れた。

そして店を出ると、拓也が当然のように、香苗の肩に腕を回して歩きだす。

「え、あのっ」

思いがけない彼の行動に驚いて、香苗は彼の腕の中でもがいた。

「いいから、このままで」

拓也は香苗の肩に回す腕に力を込めて言う。

その声の響きにただならぬものを感じて、香苗は抵抗をやめた。すると拓也が、耳元に顔を寄せて「それと、今は俺のことを名前で呼んでくれ」と、囁く。

彼がなにを考えているのかはわからないけど、とりあえずは指示に従った方がよさそうだ。

とはいえ、大人になった彼を〝拓也君〟と呼ぶのはなにか違う。

「じゃあ……拓也……さん」

気恥ずかしさを感じつつそう呼ぶと、拓也は微かに口角を持ち上げる。

彼が見せたその表情に、頬どころか耳まで熱くなるのを感じつつ、香苗は彼に肩を抱かれて日が傾いていく街を歩いた。

5・今日から俺が君の婚約者

拓也の案内で焼き肉屋に到着した香苗は、テーブルを挟んで座る拓也の表情をうかがった。

先ほど、カフェを出るなり拓也は突然香苗の肩を抱き、そのまま親しげな口調で香苗に話しかけながら駐車場まで歩いた。

ふたりの関係を知らない人が見れば、それこそ仲睦まじげなカップルに見えたことだろう。

それでいて車を発進させた後の彼は、難しい顔で黙り込み、心ここにあらずといった感じだった。

その状況は店に入った後も続いている。

付き合っていた頃も拓也にそんなことをされたことがなかったので、突然彼に肩を抱かれてかなり驚いた。

(拓也さんには、他に好きな人がいるのにバカだな……)

一瞬彼が見せた表情に感じた胸の高鳴りを持て余してしまうだけに、難しい顔をして黙り込む彼を前に、どう接すればいいのかわからない。

「さっきのあれは、なんだったんでしょうか?」

注文した肉が運ばれてきたタイミングで、沈黙に耐えかねた香苗が聞く。

「急にあんなことをして悪かった」

こちらに視線を向けた拓也が、険しい表情のまま詫びる。

だけど香苗が言いたいのは、そういうことではない。

「拓也さんが、意味もなくあんなことするなんて思ってないです。なにか理由があってのことなんですよね」

さっきの会話をきっかけに、気がつけば拓也はまた香苗を名前で呼ぶようになっている。

今のふたりの関係を考えると奇妙な気もするのだけど、香苗としても名前で呼ばれる方が慣れているので、なんとなくそのままにしてしまっている。

それは拓也も同じだったようだ。店に入ったタイミングで香苗が呼び方を〝矢崎先生〟に戻そうとしたら、拓也は『その呼び方は落ち着かない』『自分の病院の看護師じゃないんだから』と理由をつけて、名前で呼ぶよう主張した。

それで結局はお互い下の名前で呼び合う状況に落ち着いてる。

「拓也さんの考えを教えてほしいだけです」

少し考えてから、拓也が香苗に尋ねる。

「遠鐘病院で俺に会った時、香苗に絡んでいた患者さんは、その後どうしている？」

「え、水守さんですか？」

思わず名前を口にした後で、不用意に患者の個人情報を口にしてしまったことに慌てたが、拓也なら大丈夫だろうと思い直してそのまま答える。

「もう退院しています。その後の通院は、自宅に近い病院への紹介状をドクターが書いていたから、そっちに通っていると思います」

もともと水守は都内在住で、事故を起こした際に、近場に受け入れ可能な病院がなく、隣県の遠鐘病院で受け入れ、そのまま入院となった。

だが退院後の通院は、生活圏内の方が便利なのでそうしているはず。

もし彼が遠鐘病院の外来に通院していたとしても、病棟勤務の香苗には、水守のその後の情報は入ってこないので知りようがない。

香苗がそう話すと、拓也は拳を唇に押しあて難しい顔をする。

「水守さんがどうかしましたか？」

どうして彼がそこまで水守を気にするのかわからない。

不思議そうな顔をする香苗に、拓也が「怖がらせるつもりはないのだけど」と前置きして話す。

「さっき店で、その水守さんが、俺たちのことを見ていたと思う」

「まさかっ！　だからさっき、私の肩を？」

香苗の言葉に、拓也が頷く。

「彼は俺たちが付き合っていると思っているから、そうした方がいいと思ってな」

それを聞いて、先ほどの彼の行動の意味を理解する。

「でも水守さんがいたなんて、そんなの拓也さんの勘違いじゃ……」

あることを思い出し、香苗は言葉を途中で止める。

思いがけない話に驚いたものの、香苗にも記憶に引っかかるものがある。

講習の後、拓也との待ち合わせ場所に向かう途中で、ショーウィンドー越しに男性と目が合ったような気がしたのだ。

あの時は勘違いだと判断して深く考えずにいたけど、思い返してみると、あれは水守ではないだろうかという気がしてくる。

「なにか思いあたることでもあるのか？」

香苗の表情が陰ったのを見て拓也が尋ねた。

ただの思い過ごしだろうけど、ここで黙り込んでも拓也が気にするだけだろう。

香苗はさっきの出来事を話した。

「……でも水守さんは都内在住だから、偶然私を見かけて、声をかけるか悩んでいただけなのかも」

香苗がそう付け足しても、拓也は納得していない。

難しい表情のまま首を横に振る。

「香苗は、あの男に強引に迫られていたのを忘れたのか？」

「あれは、一時の気の迷いみたいなものだったんだと思います。その後は、しつこく迫られるようなことはなかったし」

入院中の患者やその家族が、親身になってくれた医療関係者に対する感謝の思いを恋愛感情と錯覚してしまうことは時々ある。

でもそれは一時の錯覚で、退院して日常生活に戻れば、本人もそのことに気づく。

途中、頼んだ肉が運ばれてきて、会話を中断させつつ香苗はそう説明したが、拓也が納得する気配はない。

「香苗、自分がすごく魅力的なこと、理解できてないだろ」

トングを使い肉を網に並べながら拓也が言う。

「そ、そんなこと……」

 社交辞令だとわかっていても、真面目な口調でそんなことを言われて対応に困る。赤面して口をパクパクさせる香苗を、拓也がジロリと睨んだ。

「その反応、真面目に自覚なさすぎ」

その口調は、心底あきれているといった感じだ。拓也はあきれ口調のまま続ける。

「アイツがあれ以降、香苗に迫ってこなかったのは、そういった隙を与えないよう依田や看護師長が注意を払ってくれたおかげだ」

言われてみれば確かにそうだったかもしれない。そう納得する反面、新たな疑問が湧く。

「どうして拓也さんがそのことを知っているんですか？」

「俺が頼んだから」

「え？」

驚く香苗に、拓也は事もなげに返す。

「エレベーター前でのこと、俺が依田に話して、アイツが看護師長に配慮するよう頼んでくれた」

思いがけない話に香苗が目を丸くする隙に、拓也はおいしそうに焼けた肉を香苗の皿に置く。

そして「食べて」と、声をかける。

すごくどうでもいいことだけど、自分の方がおいしく肉を焼く自信があると話す拓也に任せたことで、初めてタン塩の正しい焼き方を理解した。

今まで香苗が焼く時は、肉をひっくり返す際に、タンの上にのせられている刻みネギを網の上に全部落としてしまっていた。だけど拓也は、餃子の皮に具を包み込む要領でタンをふたつに折って、ネギをその間に挟んで焼いていた。

今までずっと、どうしてタン塩のネギを焼く前にのせてしまうのだと不満に感じていたのだけど、どうやら香苗のやり方が間違っていたらしい。

「どうして拓也さんがそんなことを……？」

驚く香苗が聞く。

「君が、自分の口から報告しないと思ったから」

そう答え、拓也は次の肉を網に置く。

肉から落ちた油に火が引火して、一瞬大きく火の粉が舞う。

「だって、あまり大ごとにすると、水守さんが迷惑するかもしれないし」

あの時の水守は、退院間近だった。

だから香苗が隙を見せないよう気をつけて、彼のアプローチをやり過ごせば問題ないと考えていたのだ。

「どうして真面目に働いてる側が、そんなふうに相手に配慮する必要がある？」

「どうしてって、水守さんは治療を必要としているからです」

それは、水守に対してだけの特別な感情というわけではない。

患者は医療が必要だから、入院しているのだ。それなのに香苗が過剰反応することで、居心地が悪くなっては気の毒である。

そう話す香苗の言葉に、拓也が「人がよすぎる」と言って、ため息を吐く。

「とにかく、私がそうしたかったから、黙っていたんです」

香苗がそう抗議すると、拓也が言う。

「俺も一緒だ。自分がそうしたいと思ったから、依田に事情を話して後の判断を任せた」

「どうして拓也さんがそんなこと……」

あの状況に出くわして、心配してくれたにしても、彼は遠鐘病院の職員ではないのに。

「もしかして君は、彼と付き合いたかったのか？」

微妙に会話の矛先を変える拓也に、香苗はとんでもないと首を横に振る。

「まさか」

もし水守を好きか嫌いかと聞かれても、香苗には『どちらでもない』としか答えられない。

それは、彼を患者としてしか見ていなかったというのもあるけど、それ以上に、香苗にとって恋愛感情と呼べるものを抱く相手は拓也ひとりだけだからだ。

「それなら、俺の行動は間違っていない」

ひとり納得する拓也は、表情を引き締めて尋ねる。

「今日以外に、彼の姿を見かけることはなかった？　もしくは、身の回りでなにか変わったことはないか？」

その言葉に香苗が思わず口元を押さえると、拓也が「話して」と、先を促す。

声の雰囲気としては決して命令口調ではないのだけど、真剣に香苗の身を案じてくれていることが伝わってくる。

だから香苗は、今思い出したことを正直に話した。

「最近、郵便受けのダイヤルが動いていることが何度かありました」

香苗の住んでいるマンションの郵便受けは、ダイヤルロックを三回決められた順に動かすことで開く。

香苗は必ずダイヤルを〝0〟のところに戻しておくのだけど、最近、度々そのダイヤルが〝9〟のところで止まっているのだ。

郵便物があさられた形跡もないので、子供の悪戯《いたずら》程度に考えて、気にも留めていなかったのだけど。

「あと最近変わったことといえば、マンションの掲示板に、ゴミ出しのルールが守れていない人がいるって注意喚起の貼り紙があったことぐらいです」

それはつい最近のことで、それ以前からきちんとルールを守っていた香苗は他人事《ひとごと》として受け止めていた。

香苗の話に、拓也の手からトングが落ちた。

「拓也さんっ！」

香苗は驚いて落ちたトングを拾う。

「そんなことがあったなら、すぐに誰かに相談するべきだろ」

「相談て……、こんなこと誰に相談するんですか？」

納得のいかない表情を見せる香苗に、拓也が苛立った調子で言う。

「身近に思いつく人がいないなら、俺に相談すればいい」

「どうして私が、そんなこと拓也さんに相談するんですか？」

ぶっきらぼうにそんなこと言われても困る。こんな些細な出来事、今の彼に話すわけがない。

香苗としては自分の意見は間違っていないと思うのだけど、なぜだか拓也は、ひどく不満げだ。

「じゃあせめて、依田に相談するべきだった」

香苗の手からトングを取り上げる拓也が言う。

「どうしてそうなるんですか？」

「君の郵便物やゴミがあさられた可能性があるからだ」

真剣な顔で話す拓也の言葉に、香苗は「まさか」と目を丸くする。

郵便受けは子供の悪戯だろうし、ゴミ出しに関しても、これまでも新しく越してきた住人が勘違いしていた際にそういった注意喚起の張り紙がされることがあった。

そう説明するのだけど、拓也は納得してくれない。

「じゃあ聞くが、君はあの入院患者に、ただならぬ雰囲気を感じていなかったのか？」

自分はただならぬ雰囲気を感じていたと、拓也が眼差しで訴えてきた。

その勢いに押されて、香苗はあの日のことを思い返してみる。

自分の望んだ言葉以外聞く耳を持たないと言いたげな水守の態度に、本能的な危機感を覚えたのは事実だ。

黙る香苗を見て、拓也はそういうことだと頷く。

「でも私の思い違いかもしれないし」

「確かに、その可能性は大いにある」

「じゃあやっぱり、あまり気にしなくても……」

拓也は手の動きで、香苗の発言を止めて言う。

「気のせいだとしても、警戒して、対策を講じるに越したことはない」

「でも証拠もないのに水守さんを疑うなんて」

難しい顔をする香苗に、拓也が肩をすくめる。

「これが俺の思いすごしなら、相手は自分が疑われていることさえ知らずに終わるから問題ない」

「確かにそうですけど」

だからといって、そんな簡単に人を疑っていいのだろうか。

悩む香苗に、拓也が言う。

「これは俺のワガママだ。だけど俺に、君を守らせてくれ」

「どうして拓也さんがそこまで……」

「昔、俺が君を守ると約束したからだ」

驚く香苗に、拓也が言う。

その眼差しはひどく真剣なもので、見つめ合う香苗の鼓動が大きく跳ねた。

「で、でもそれは、付き合っていた頃の話でしょ」

高校生の頃、彼に大ケガを負わせてしまったことを気にする香苗に、彼は『これからもずっと俺に香苗を守らせてくれ』と言ってくれた。

でもそれは、ふたりが恋人同士だった頃の話だ。

今の彼にそこまで甘えるわけにはいかない。

困り顔を見せる香苗に、拓也は真剣な眼差しのまま反論する。

「ふたりで交わした約束を、勝手に過去のことにされては困る」

恋人同士だった頃の熱量そのままに話す彼の姿にドキドキしてしまうけど、きっと生真面目な拓也としては、一度交わした約束を簡単に反故にすることができないだけなのだろう。

「心配してくださってありがとうございます。でもそれだと、拓也さんの恋人にも申し訳ないので……」

だとしても、彼の厚意に甘えるわけにはいかない。

それなのに拓也は、香苗の言葉を途中で遮って断言する。

「そんなもの俺にはいない」

「え、だって……」

依田から聞いた話が脳裏をよぎるが、拓也は薄く笑って言う。

「昔、心から愛した女性にフラれて以降、俺に恋人はいない」

それはつまり、依田が話していた女性のことだろう。

(そうか。拓也さん、学生時代の恋人とは別れちゃったんだ……)

医学部生は実習なども多くあり、かなり忙しい。そのために、学生時代の恋人とうまくいかなくなったという話はよく聞く。

拓也もそういった理由で恋人にフラれてしまったのかもしれない。

自分ならそんなことで彼と別れたりしないのに。香苗がそんなことを考えていると、再び肉を焼き始めた拓也が言う。

「警戒しなくても、今さら君を口説いたりしない」

そんなふうに言われると、香苗がひどく自意識過剰な反応をしているように思えて恥ずかしくなる。

「そんなふうに思っていませんから」

気恥ずかしさをごまかすために、香苗は皿に一枚だけ残っていた肉を食べようとした。でもそれより速く拓也が箸を伸ばしてそれを取り、自分の口の中に放り込む。

代わりに、香苗の皿に焼いたばかりの肉を置く。

「じゃあ決まりだ。俺が君を守る」

揺るぎない決意を感じさせる彼の言葉に、香苗はためらいつつも了承した。

「えっと……それで、どんな対策をするつもりですか？」

「とりあえずは前回同様、彼には香苗に俺という婚約者がいて、他の男に割り込む隙などないということをアピールしようと思う」

肉の焼き加減を見ながら拓也が言う。前に水守と対峙した時の様子を思い出しているのか、一瞬、天井の方に視線をさまよわせてから続ける。

「前回あの患者は、俺が香苗の婚約者を名乗ったら怯んだ。それでもあの時の俺たちの態度がどこかぎこちなかったから、遠巻きにこちらの様子をうかがっていたんじゃないかと思う」

そう言われて、香苗も記憶を振り返る。

確かにあの時の水守の態度は、半信半疑といった感じだった。

「相手を騙すためには、香苗の協力が重要だ」

香苗の皿に焼けた肉を置いて拓也が言う。

それで彼が納得してくれるのならと、香苗は頷く。

「わかりました。私はなにをすればいいですか？」

拓也に食べるよう勧められた香苗は、肉に箸を伸ばしつつ尋ねる。

彼の提案を受け入れると決めたなら、遠慮ばかりしていても仕方ない。

拓也を安心させるために自分にできることはないかと尋ねる香苗に、拓也はその言葉を待っていたかのように薄く笑う。

「では、なるべく俺のそばにいてもらいたい。それも俺と付き合っていた頃のような距離感で」

「え？」

肉を取ろうと伸ばした箸を中途半端な高さにしたまま、瞬《まばた》きをくり返す。

そんな香苗の姿を見て、拓也が面白そうに肩を揺らす。

「あの男が香苗の後をつけていたのなら、俺と仲よく過ごす様子を見せておいた方がいいという意味だ」

「それならカフェでのおしゃべりも盛り上がっていたし、もう納得してくれたんじゃないでしょうか？」

香苗の意見に拓也は、どうだろうかと首をかしげる。

「もし本当に彼が香苗の周辺を調べていたなら、一度デートする姿を見せたくらいじゃ納得しないだろ。ある程度の常識をわきまえているなら、婚約者がいると言われた段階で香苗をあきらめているはずだ」

もっともな指摘に、香苗が聞く姿勢を取ったのがわかったのだろう。拓也はそのまま話を続ける。

「俺の受けた印象として、彼は自分に都合のいい話しか受け入れないように見えた。だから今日一日だけでは、自分に見せつけるために、俺に恋人役を頼んだだけと解釈しかねない」

「確かに……」

かなり不快な想像だけど、もし水守が香苗のゴミや郵便物を調べていたのなら、ひとり暮らしの香苗に男性の影がないことは容易に察しがつく。

そしてそこまでする人が、さっき拓也に肩を抱かれて歩く姿を見たくらいで納得してくれるとは思えない。

「さっきも言ったが、今さら本気で口説いたりしないから安心しろ」

黙り込む香苗に拓也が言う。

「そんなこと……思うはずありません」

香苗が別れ話を切り出した時、あっさり別れを受け入れた拓也の姿に、彼にとって自分がどの程度の存在なのかは思い知らされているのだ。

香苗の言葉に拓也が頷く。

「ではよろしく。そうと決まれば、食事が終わったら香苗の部屋に行って引っ越しの準備をしよう」

「はい？」

話が大きく飛んだことに香苗が驚く。

どうして自分が引っ越ししなくちゃいけないのかがわからない。

「水守さんのことは心配だけど、仕事もあるから、実家に帰ったりできません」

安全のためにはそうした方がいいのかもしれないけど、香苗の性格上、任されている仕事を投げ出すことなんてできない。

香苗の言葉に、拓也はわかっていると言う。

「心配しなくても、引っ越し先は俺のマンションだ。場所は都内だが、遠鐘病院まで乗り換えなしで通える。日勤のときは電車を使って、夜勤のときは、俺が金を出すか

ら タクシーを使ってくれ。時間の融通が利くときは、なるべく俺が送り迎えをする」

「ちょっと待ってください――」

目を丸くして慌てる香苗の言葉を遮って拓也が続ける。

「今住んでいるマンションは通勤の利便性だけで選んだんだが、部屋数が多く使っていない部屋がある。だから香苗は、その部屋を使えばいい。俺は基本的に寝に帰るだけだし、他人の生活音で目を覚ますようなことはないから、香苗は自分のペースで生活してもらってかまわない」

「それって、私が拓也さんのマンションで暮らすっていうことですか？」

香苗は、目を白黒させながら確認する。

拓也は鷹揚に「そうだ」と返して続ける。

「同棲を始めたと知れば、あの男も、俺たちの関係を信じるだろ。それに住んでいる場所がバレているなら、しばらく帰らない方がいいだろ」

確かにこの状況で、今の場所で生活を続けることにはためらいを覚える。

「だからって、拓也さんのマンションで暮らすなんて……」

悲鳴に近い声をあげていると、拓也が真面目な顔で言う。

「逆恨みしたストーカーに危害を加えられる。そんな痛ましい事件が、毎年何件起きていると思っている？」

眉間に刻まれる皺《しわ》で、これまでに拓也はそういう場面に遭遇したことがあるのだとわかる。

だからこそ拓也は、今はもう恋人ではない香苗のことを、ここまでに気にかけてくれるのだ。

「ああいうタイプは、タチが悪い」

拓也が苦い感情を吐き出すように付け足す。

とはいえ、自分はそこまで彼に甘えてしまってもいいのだろうか……。

「そこまでしてもらうお礼に、私が拓也さんにできることはなにかないですか？」

拓也の思いを無下にすることはできないけど、自分ばかり迷惑をかけるわけにはいかない。

お礼に、こちらからなにか返せるものはないかと尋ねる香苗に、拓也は涼しい顔でとんでもないことを言う。

「じゃあついでに、俺の婚約者になってくれ」

「はい!?　……冗談……ですよね？」

素っ頓狂な声をあげる香苗の顔を、拓也は無言で見つめた。

強い覚悟を感じさせるその表情を見れば、彼が冗談を言っているわけじゃないことがわかる。

(拓也さん、本気なの？ でもなんのために？)

香苗はわけがわからず混乱していると、拓也が表情を和らげる。

「香苗とは理由が異なるが、俺もパートナーがいると助かる事情を抱えている」

「え？ どんな理由ですか」

キョトンとする香苗の皿に新たに焼けた肉を置き、「食べて」と、声をかけてから拓也が言う。

「最近、縁談を持ちかけられることが増えて困っている。他人には良縁に見えるらしいが、俺としては迷惑している」

「縁談……」

その言葉に、胃の底がジリジリと焦げるような感覚を覚えた。

彼がモテないなんて思っていなかったけど、それでも改めてその言葉を本人の口から聞かされると胸が苦しくなる。

「世話になった教授の紹介だと、断るのにも気を使うし、断ったところで次の縁談がくるだけだ。だが俺が婚約したとなれば、そういった話もなくなるだろう」

（なるほど）

九重総合医療センターのひとり娘である香苗のもとにも、縁談がよく持ち込まれる。優秀な医師を香苗の婿に……と願う父の思いがわからないわけじゃないのだけど、誰かと結婚するつもりのない香苗は、その都度断っている。

香苗の場合、縁談を持ってくるのが自分の父親なので断ることに遠慮はないが、拓也の立場ではそうもいかないのだろう。

（きっと拓也さんは、今も別れた恋人のことを想っているんだよね。それなのに見合い話を持ってこられて迷惑しているんだ）

香苗がそんなことを考えていると、拓也が補足する。

「もちろん、無理して俺を愛する必要もない」

昔彼をフッた香苗なら、今さら好意を寄せられて面倒な思いをする心配もないと考えているのかもしれない。

彼のその言葉に、逆に香苗の覚悟が決まる。とはいえ……。

「拓也さんは、そんな理由で私と婚約してもいいんですか？　私の婚約者になると、それはそれで面倒なことになるかもしれませんよ？」

「面倒なこと？」

「はい。私の父は、私と結婚して、九重家の婿養子になってくれる旦那様を捜しているので。軽い気持ちで私の婚約者を名乗ると、父が本気にして騒ぎだすかもしれません」

拓也に問いかけられ、香苗は冗談めかした口調で返す。

なにせ香苗の父親は、娘と優秀な医師との結婚を心待ちにしているのだ。

もちろん父親がなにか面倒なことを言いだした際には、香苗が全力で止めるつもりだが。

香苗の脅し文句に、拓也は軽く肩を揺らす。

「かまわない。もし香苗のお父さんが俺にそれを望むなら、香苗と結婚するのも悪くない」

「はい？」

彼の考えが理解できずにいると、トングで肉の焼け具合を確認する拓也は、そのまま上目遣いの眼差しをこちらに向けてくる。

「それで香苗が幸せになれるなら、俺はそれでかまわない」

「だって拓也さんは……」

別れた恋人のことを、今も一途に想っているのではないのか。そう問いかけようとして、先ほどの彼の言葉を思い出す。

拓也は香苗に、『本気で口説いたりしないから安心しろ』『俺を愛する必要もない』というようなことを言っていた。

つまり今さら恋愛感情を必要としない香苗となら、結婚してもかまわないという事なのだろう。

「それってつまり、契約結婚ってことですか?」

もう彼が愛しているのは自分ではないのだ。

ことさら明るい口調で尋ねることで、沈み込みそうになる感情をどうにか浮上させる。

香苗の苦しい胸の内を知らない拓也は、無表情で肉を焼きながら「そういうことになるな」と、答えた。

そして香苗の皿に新たな肉をのせて続ける。

「俺が九重総合医療センターの娘さんとの縁談を受けたと言えば、これまでに断った縁談相手も納得してくれる」

「確かに、そういう考え方もできますね」

そういう意味でも、拓也には香苗と結婚するメリットがあるのだ。

香苗が一応の納得を示すと、拓也が聞く。

「香苗の方こそ、本当は誰かと結婚する予定があるんじゃないのか?」

その言葉に、「まさか」と大きく首を横に振る。

以前香苗が彼に、好きな人がいると話したからそんな勘違いをしているのだろうか?

香苗の言う『好きな人』というのは、拓也のことなのに。

私は、誰とも結婚する気なんてない——そう言いかけて、香苗は言葉をのみ込んだ。

よく考えたら、香苗は結婚したくないわけじゃない。ただ拓也以外の誰かと一緒になりたいと思えなかったから、すべての縁談を断り続けていただけだ。

その考えにたどり着くと、香苗の覚悟が決まる。

「わかりました。私を拓也さんの奥さんにしてください」

九重総合医療センター院長の娘という肩書が、彼の役に立つのならぜひとも利用してほしいくらいだ。

香苗の言葉に、拓也が「え?」と、目を丸くする。

もしかしたら彼としては、軽い冗談のつもりだったのだろうか……。

「私も、父が持ってくる縁談に困っていたんです。それだけじゃなくて、病院スタッフの中にも、父とのつながりが欲しくて私に言い寄る人もいて。だからいっそのこと、医師である拓也さんと結婚するって言えば、周りも納得してくれるかなって」

恥ずかしさをごまかすために、あたふたと付け足す。

言い訳じみた香苗の言葉に、険しかった拓也の表情が緩む。

「なるほど。ストーカー対策のついでに、虫除《むしよ》けに俺を利用したいということか」

「そ、そういうわけじゃ……」

慌てて否定しようとする香苗に、拓也が「それでいい」と頷く。

「お互いに利用価値がある方が、気を使わなくて済む」

そう話す拓也の瞳に、香苗がこれまで見たことのない種類の熱がこもっているように感じられた。

◇◇◇

焼き肉店での食事を終えた拓也は、そのまま自分の車に香苗を乗せて彼女のマンションを訪れた。

「ごめんなさい。すぐに用意しますから」

そう言って香苗は、寝室と思われる部屋に入り、続いてバタバタと慌ただしく荷造りをする音が聞こえる。

「ゆっくり準備してくれ」

リビングで待つ拓也は、そう声をかけて室内を見回す。

香苗がひとり暮らしをするマンションは、閑静な住宅地にあり、セキュリティもしっかりしている。

聞けば、彼女の父親が選んだ安全性の高いマンションに住むことが、ひとり暮らしを許してもらう条件のひとつであったそうだ。

1LDKの室内は白を基調にしたシンプルな色調で統一され、きちんと整頓されている。

それでいて温かみが感じられるのは、棚の空いたスペースに北欧調のかわいい小物が幾つも置かれているからだろう。

（高校の頃から、こういった感じの置物が好きだったよな）

素焼きのうさぎの置物の鼻を指先でつつく。

昔、香苗の誕生日プレゼントに、これによく似たうさぎの飾りがついた写真立てをプレゼントしたことがある。

当然だが、周囲に視線を巡らせても、昔自分が贈った写真立てはない。
誕生日プレゼントになにが欲しいか聞いた拓也に、香苗は、うさぎがかわいいから
と雑貨屋で見つけたその写真立てをリクエストしてきたので贈ったのだ。
あの時の香苗は、拓也を気遣って安い品をリクエストしただけだったから、別れた
時に捨てたのだろう。
先ほどの会話で『昔、心から愛した女性にフラれて以降、俺に恋人はいない』と、
遠回しに彼女への思いを伝えてみたが反応は鈍かった。
というか、微かに眉間に皺を寄せる態度には、未練がましい自分を嫌悪しているよ
うにさえ感じられた。
それでもそれが隠しようのない事実なのだから仕方ないではないか。
時がどれだけ経とうと、自分が愛しているのは香苗だけなのだ。
拓也は窓に歩み寄り、カーテンの隙間から窓の外を見た。
太陽はとっくに沈み、窓の外は夜の闇に染まっているので、人の姿を確認すること
はできない。
それでもあの日病院で、香苗に迫っていた水守という男の表情を思い出すと、自分
の対応が過剰すぎるということはないだろう。

郵便受けやゴミを荒らされている可能性もありそうなので、香苗を守りたいという一心で、自分のマンションで暮らすよう提案した。

ためらう彼女を説得する中で、唐突に結婚を提案したのは、香苗を水守から守るためだけではない。他の誰かに、彼女を取られるのが怖かったからだ。

隆司に香苗がモテると聞かされるまでもなく、彼女を見ればライバルが多いことはわかる。

その事実に焦って、再会した彼女と今度こそ対等な関係を築いた上でプロポーズしようという当初の目的を見失い、なりふりかまわず契約結婚を提案していた。

それなりに大人になったつもりでいたが、その辺の余裕のなさは、昔とちっとも変わらない。そんな自分を情けなく思うのだけど、香苗が自分との契約結婚を承諾してくれたのなら、そのチャンスを逃すつもりはない。

香苗としては、言い寄ってくる男の虫除けにちょうどいいと思っただけなのかもしれないが、それでもいい。

拓也にとって大事なのは、自分が彼女のそばにい続けるということなのだから。

6・ふたり暮らしの始まり

拓也がひとり暮らしをするマンションに身を寄せるようになって十日が過ぎている。

通勤の利便性を最優先に考えて選んだとのことだったが、拓也の暮らすマンションは4LDKで、ひとりで住むには確かに部屋数が多い。

キッチンと続き間になっているリビングの先には広めのベランダがあり、日当たりがいい上に、それぞれの部屋の間取りも広くて収納スペースもしっかりと完備されている。

拓也はリビングと寝室の他、もうひと部屋を書斎として使用しており、それでも余っていた部屋を、香苗の自室にすればいいとあてがってくれた。

香苗の部屋は、拓也が使用している部屋とは廊下を挟んでいるので、プライバシーも保たれてストレスを感じることなく快適に過ごさせてもらっている。

「どうしようかな……」

朝のキッチンに立つ香苗は、冷蔵庫の中を覗き込んで呟く。

今日は、彼のマンションで暮らすようになって初めてふたりの休みが重なった。

時刻は午前九時。

昨日の香苗は日勤だったけど、三交代制のシフトを取り入れているふじき総合病院で働く拓也の勤務は準夜勤だった。

そのため彼はまだ眠っている。

本人が言っていたとおり、拓也はマンションには寝に帰ってくるだけといった感じで、一緒に暮らし始めてから今日までろくに顔を合わせていない。

それでも彼は、時間の都合がつけば、車で香苗の送迎をしてくれている。

忙しい彼にそんなことをさせるのは申し訳ないのだけど、どれだけ香苗が断っても拓也が聞き入れてくれない。

結局は香苗が折れてその状況を受け入れている。

そのお礼の意味も込めて、休みの今日、彼の食事の準備をしようと考えた。

とりあえず作っておいて、拓也が迷惑に思うようだったら二回に分けて香苗が食べればいい。

そう考えをまとめたのだけど、いざ調理に取りかかろうとすると、なにを作るかで悩む。

キッチンは香苗の好きに使ってもらっていいと言われているので、少しずつ食材を買い足しているが、まだ日が浅いので食材が少ないし、今の拓也の食の好みがよくわからない。

「寝起きだから、軽めでいいよね」

いつまでも悩んでいてもしかたないので、香苗は冷蔵庫から目についた食材を取り出し、音に気をつけながら料理を始める。

（医師は体力勝負だから、食事には気を使ってほしいな）

それなのに拓也は、忙しさを理由に自炊をせず、食事は基本的にフードデリバリーやコンビニ弁当で済ませているそうだ。まさに医者の不養生。

逆に香苗は普段から忙しいからこそ、体調管理のために自炊を心がけている。

とはいえ職場では食堂を使うこともあるので、あまり偉そうなことも言えないのだけど。

それでも彼が迷惑に思わないのであれば、これを機会に、香苗に食事の管理を任せてくれるよう提案してみるつもりだ。

「休みなのに早起きだね」

三十分ほどかけて香苗が下ごしらえをしていると、Tシャツにスエット姿の拓也がキッチンに入ってきた。

「ごめんなさい。うるさかったですか？」

彼の睡眠の妨げにならないよう、注意していたのだけど……。

申し訳ないと眉尻を下げる香苗を見て、拓也が苦笑する。

「前にも言ったけど、俺は人の生活音に敏感なタイプじゃない。ていうか香苗の場合、俺に気を使って気配消しすぎ。時々忍者と暮らしているのかと思うよ」

香苗の隣に立って水を飲んだ拓也は、そんな冗談を言う。

「忍者って……」

さすがにそこまでは、気配を消していない。

「あまり俺に気を使わなくていいっていう意味だ。香苗は、俺の妻になるんだろ？」

軽く唇を尖らせる香苗を見て、拓也がふわりと笑う。

彼のなにげないひと言に、香苗は自分の顔が一気に熱くなるのを感じた。

(拓也さんの、妻になるんだよね)

成り行きでこのマンションで暮らすようになって十日が過ぎた。けれどいまだにその約束には実感が持てずにいる。

彼がなにげなく発した『妻』という言葉に動揺していることを気づかれないよう、香苗は手元の作業に集中するのだけど、拓也はそんな思いを察してくれない。

一緒に暮らすようになった気軽さからか、再会してから感じていたよそよそしさも薄れ、親しげな態度で距離を詰めてこちらの手元を覗いてくる。

「食事の準備？　もしかして俺の分も準備してくれている？」

切り分けている野菜の量から、一人分の量ではないとわかったのだろう。拓也の声が少し迷惑そうに思えて、香苗は慌てる。

「迷惑ですか？　それなら私ひとりで食べるから気にしないでください」

香苗の言葉に拓也はとんでもないと首を横に振る。

「まさか。朝から香苗の手料理を食べられると思ってなかったから驚いただけだ。香苗だって仕事で忙しいだろうから、こんなふうに気を使わなくていいのに」

「それこそ、拓也さんの妻になるのだから、これぐらいのことはさせてください」

先ほどの仕返しというわけではないが、彼の台詞を真似《まね》てみる。

するとなぜだか拓也が、驚きの表情を見せた。その頬が赤くなっているように感じるのは、香苗の気のせいなのだろうか？

「あと俺としては、せっかく休みが重なったから、香苗を食事に誘うつもりでいたんだ」

拓也が、香苗の手元から視線を逸らして小さく咳《せき》払いをした。

「え？」

驚く香苗に、拓也が言い訳するように続ける。

「急に俺の部屋で暮らすことになって、色々足りないものもあるだろうから、買い物ついでに、どこかで食事でもと思っていたんだ。ひと言メモでも残しておけばよかったな」

拓也は失敗したと頭をかく。

一緒に暮らすことになって、拓也とはアプリを使ってお互いのシフトを把握しているが、忙しい彼が、そんなことを考えてくれているとは思ってもいなかった。

「せっかくの休みなんだから、拓也さんはゆっくり過ごしてください。特に必要なものもないですから」

ブンブンと首を横に振る香苗に拓也が言う。

「ベッドは？」

「寝具は、あれでいいんです」

自分の部屋に置かれているマットレスを思い出して答える。

初日は拓也が自分はソファーで眠ると言って譲らず、香苗は彼のベッドを使わせてもらい、翌日からはあてがわれた自室にネットで購入したマットレスと布団を運び込んで寝起きしているのだが、拓也はそれが不満らしい。

「自分のマンションでも、あんな感じで寝ていたので」

特に困っているわけではないので、彼の手をわずらわせるほどのことじゃない。

香苗のマンションに荷物を取りに立ち寄った時、拓也は寝室には入らなかったので嘘をつく。

その言葉に拓也は半信半疑といった感じの表情を見せるが、香苗はそれには気づかないフリで手を動かす。

「朝ご飯、簡単なものですけど、すぐにできるから待っていてください」

先ほどの話し方だと、朝食を作っても問題ないようだ。

フライパンにカットした野菜とベーコンを投入し、先に作っておいたコンソメスープを温め始める。

「ベッドを買うのが面倒なら、香苗も俺の寝室を使うか？」

「はぁ？」

思いがけない言葉に、香苗は素っ頓狂な声をあげて彼を見た。

赤面して口をパクパクさせる香苗と目が合った拓也は、肩をすくめる。

「お互いのシフトが合う日なんて月に何日もないんだから。俺がいないときは俺のベッドを使ってくれてかまわないと思っただけだ」

それはもちろん、香苗を恋愛対象として見ていないからこその台詞だ。だけど香苗としてはかなり心臓に悪い。

「そんなに気を使ってもらわなくても大丈夫です」

ドキドキしていることを悟られないよう、心を落ち着けて素っ気なく返す。

「だけど香苗は、俺の妻になるんだろ？　多少は気を使うさ」

拓也がからかい口調でそんなこと言ってくるので、香苗はたまらず話題を変える。

「今朝はパンにさせてもらったんですけど、もし和食の方が好きだったら、また教えてください」

提案を無視された拓也が、小さく息をつくのがわかった。

「食事には、こだわりがないから香苗の食べたいものでかまわない。俺の分まで用意してくれてありがとう」

拓也も、冗談がすぎたと思ったのだろう。

声のトーンを素っ気ないものに戻した彼は、キッチンを出て洗面所に向かった。

「そういう冗談は、意地悪だよ」

香苗の気持ちは、あの頃となにも変わらないのだから。

廊下の奥の洗面所の方から彼が水を使う音を聞きながら、香苗は食事の準備を続けた。

朝食を終え、片付けをした香苗がリビングに入ると、拓也がソファーテーブルに一枚の紙を広げた。

「これにサインをしてもらいたい」

見ると、それは婚姻届だった。

十代の頃は拓也の名前の隣に自分の名前を書くのを夢見ていたのに、いざそれを目の前にすると、戸惑いの方が強い。

彼がそんなものを取り出しただけでもかなり驚いたのに、婚姻届には、拓也の名前だけでなく、新婦の側も含めて保証人の記入までされている。

「俺の名前をはじめ、必要な記入は済んでいる」

だから後は、香苗の名前を書くだけでいいと、拓也は婚姻届の上に万年筆を置く。

「拓也さんは、本当に私と結婚するつもりなの？」

今さらなのだけど、そう聞かずにはいられない。

それなのに彼は、たいした問題ではないといった口調で返す。

「十年も前に別れた君と、再会したのもなにかの縁だ。お互いの面倒事から解放されるためにも、これが一番いいんじゃないのか？」

確かにそうなのだろう。

結婚すれば、お互いに面倒な縁談から解放される上に、香苗のストーカー対策にもなる。

それなのに、なかなか万年筆を持とうとしない香苗を見かねたのか、拓也がなだめるように言う。

「別にそれにサインしたからといって、今さら俺を愛する必要はないし、君に妻としての役割を求めるつもりもない」

淡々とした拓也の言葉が、香苗の心を冷やす。

そんなこと言われなくても、香苗は彼に自分以外の愛する女性がいることを知っている。

彼が香苗を契約結婚の相手に選んだのは、別れを切り出した側である香苗が、今さら彼を好きになったりするはずがないと思っているからだろう。

もちろん香苗は彼のことを愛しているし、彼と結婚したいと願っていた。

でもいざ婚姻届を前にすると、拓也に他に愛する女性がいるのに、自分なんかと結婚してもいいのだろうかというためらいが生まれる。

（ふたりがどうして別れちゃったのかはわからないけど、やり直すことはできないのかな？）

拓也より素晴らしい男性なんて、世界中のどこを探したって見つかりっこない。本気でそう思っている香苗としては、感情の行き違いで別れたとしても、どうにかして彼が別れた恋人とやり直すことができないだろうかと悩む。

香苗としては、自分が拓也と結婚したいと思うのと同じくらい、彼には世界一幸せになってほしいと願っている。

そのためには拓也は、昔の恋人である香苗と契約結婚するのではなく、心から愛する女性と結婚してほしい。

もし昔の恋人とやり直すことができるのなら、それが一番いい。愛のない契約結婚とはいえ、拓也が香苗と結婚したとなれば、ふたりが復縁する可能性は限りなく低くなってしまうのではないだろうか。

だからといってここで断れば、彼は他の女性と契約結婚をするかもしれない。

「わかりました」

テーブルに視線を落としあれこれ考えを巡らせた香苗は、覚悟を決めて万年筆を手に取った。

「どちらの名字を名乗るかは、君が決めていい」

婚姻届に自分の名前を書き込む香苗に、拓也が続ける。

「俺より君の方が背負うものが多いのはわかっている。だから、俺は『矢崎』をあきらめてかまわない」

香苗はその声を聞き流し、婚姻届の『夫の氏』の方に印をつけると、それを彼に差し出して言う。

「私があなたに嫁ぎます。ただひとつだけ条件があります」

「条件？」

それはなんだと、拓也が視線で問いかける。

「これを提出するのは、少しだけ待ってください」

香苗の言葉に、拓也の瞳に動揺の色が浮かぶが、香苗はそれには気づかないフリで続ける。

「さすがに親になにも言わずに結婚するわけにはいかないし、名字が変わるなら、上司にもタイミングの相談をさせてください」

「なるほど」

その意見はもっともだと、拓也が頷く。

本音を言えば職場に関しては、今の名字で通してもかまわない。先輩方には、そうしている人も多い。

それでもあれこれ理由をつけて婚姻届を出すのを先送りにしてしまうのは、籍を入れた後で彼に後悔してほしくないからだ。

「わかった」

返された婚姻届けを丁寧に畳み、拓也は香苗に視線を向ける。

「その件に関しては、香苗の意見を尊重させてもらうとしよう。だが俺もひとつ譲れないことがある」

「どんなことですか？」

交換条件のように彼が口にした言葉に、香苗が彼を見た。

すると拓也が香苗の左手を取り、視線の高さに持ち上げそのまま香苗の手の甲に唇を触れさせる。

「拓也さんっ！」

薬指の付け根に彼の温度を感じて、香苗は赤面して声を跳ねさせた。

続く言葉を見つけられず口をパクパクさせる香苗の反応には知らん顔で、拓也は香苗の左手薬指を撫でて言う。

「必ず俺と結婚してもらう。そのことは忘れるな」

「……はい」

香苗の返事に、拓也が微かに表情を和らげて言う。

「この後ふたりで結婚指輪を買いに行こう。婚姻届を提出していなくても、君はもう俺の妻だ。そのことを忘れないでくれ」

こちらを見る彼の眼差しに、この契約結婚への彼の強い執着が見えたような気がして、香苗はなんとも言えない気分にさせられた。

翌日、日勤を終えて職員用の通用口を出た香苗は、拓也にメッセージを送った。

今日夜勤の彼は、朝も香苗を遠鐘病院まで送ってくれた上に、帰りも迎えに来ると言って聞かなかったのだ。

もちろん香苗は断ったのだけど拓也は、そのために一緒にいるのだからと譲らず、結局はこちらが折れる形になった。

拓也からは、近くのカフェで読書しているので、仕事が終わったら連絡してほしいと言われている。

仕事柄、時間どおりに終われないこともあるとわかっての配慮だ。

香苗がメッセージを送ると、直後拓也から、すぐに迎えに行くとの返信が届いた。

朝、香苗を降ろした場所で待っていてほしいとのことだ。

スマホをバッグにしまった香苗は、職員専用の駐車場の前へと向かった。

職員専用の駐車場は地下にあり、病院の裏手にその出入り口がある。

そこを目指して歩いていた香苗は、不意に「九重さん、今帰り？」と、背後から肩を叩かれ体を飛び跳ねさせた。

驚いて振り返ると、医師の赤塚が立っていた。

「赤塚先生……」

ホッと胸を撫で下ろす香苗に、赤塚が「そんなに驚かなくても」と、笑う。

「すみません。ぼんやりしていたものですから」

拓也に話を聞かされて以降、あまり考えないようにしていても、水守を警戒して神経過敏になっているようだ。

過剰反応してしまった自分が恥ずかしくて香苗が照れ笑いすると、赤塚がなぜだか香苗の手から彼女のバッグを取り上げる。

「え？　赤塚先生？」

彼の行動の意味がわからず香苗が声をあげると、赤塚は得意気な顔で言う。

「九重さんを驚かせたお詫びに、家まで送るよ。そのついでに食事もご馳走させて」

彼はそんなことを言って、スタスタと歩きだしてしまうので、バッグを取り上げられた香苗は、慌ててその後を追いかけた。

「赤塚先生、困ります。バッグを返してください」

「せっかく帰りが一緒になったんだから、いいじゃないか。九重さんとは、プライベートでゆっくり話したいと思っていたんだよ」

赤塚はそこまで話すと、足を止めてクルリと体の向きを変えて香苗を見た。

「ところで九重さん、車通勤じゃないよね？　なんで駐車場の方に向かって歩いてたの？　後ろから俺が来るのに気づいて、わざとこっちの方に来たんじゃないの？」

そんなはずがない。どうやら彼は車通勤をしているらしいが、香苗はそんなことさえ知らなかったのだから。

「違います。私が駐車場に向かっていたのは……」

香苗がそこまで言いかけた時、車道に車が急停車した。

最近見慣れたものになりつつあるセダン車の運転席のドアが開いたかと思うと、険しい表情の拓也が姿を現す。

「香苗っ」

硬い声色で香苗の名前を呼んだ拓也は、駆け寄ってその肩を抱く。

そうしながら、視線で赤塚を威嚇する。

「な、なんだよ、お前……」

拓也に睨まれ、赤塚が身をこわばらせた。わずかに後ずさり、値踏みするような眼差しを拓也に向ける。

立ち回りのうまい赤塚のことだ、拓也がどういう立場の人間なのかを推し量っているのだろう。

自分に向けられる眼差しをわずらわしく思ったのか、拓也が冷ややかな表情で答える。

「職業を聞かれているのなら、ふじき総合病院に勤務する医師だ。香苗との関係を聞かれているのなら、彼女の婚約者だ。近く入籍する予定だが」

高圧的な口調で言い放ち、拓也は乱暴な手つきで赤塚の手から香苗のバッグを取り返す。

赤塚が、香苗になにか聞きたげな眼差しを向けてくる。香苗は、言葉で答える代わりに拓也の腕に身を任せた。

その姿を見せることで、説明は足りたらしい。

「えっ。医師で……九重さんの夫になる……」

先ほどの拓也の台詞を、もごもごと口の中で転がす赤塚が、不意に卑屈な笑みを浮かべる。

自分より権力のある者には逆らわない主義の彼の中で、拓也にはどう接するかの結論が出たようだ。

「すみません。私は九重さんと同じ科に勤務している医師で、彼女が重そうに荷物を運んでいたのでそれを手伝おうかと——」

赤塚の説明を、拓也は「ご親切にどうも」と、興味なさげに遮る。

そして香苗に視線を向ける。

「じゃあ、ふたりの家に帰ろう」

「拓也さんっ」

「えっ！　ふたりのっ」

さりげなく一緒に暮らしていることをアピールする拓也に、香苗がなんとも言えない顔をすると赤塚が素っ頓狂な声をあげた。

拓也は、そんな彼に意味深な眼差しを向けて薄く笑うと、香苗を車へといざなう。

「危なっかしくてしかたない」

香苗を助手席に座らせ、運転席に回った拓也がため息交じりにぼやく。

「手間をかけさせてごめんなさい」

助手席で香苗がしおれていると、車を走らせる拓也が困ったように笑う。

「香苗が悪いわけじゃない。ただ、君が俺のものだと主張するためにも、早く指輪が仕上がることを願うよ」

「えっと……それは」

拓也としては、契約結婚の目的を果たしたいという意味なのだろう。

ただそれだけのことなのに、彼に恋心を寄せている香苗は、そのひと言を妙に意識してしまうので困る。

「指輪、早くできるといいですね」

昨日ふたりで選んで購入した指輪は、サイズ調整が必要なためまだ手元にない。

どうにか絞り出した香苗の言葉に、拓也がフッと息を吐く。

香苗の言葉に彼がうれしそうに笑ったように思えたのは、きっと気のせいだろう。

◇◇◇

翌週の深夜、ふじき総合病院のオペ室から出てきた拓也は、内側にたまる疲労を振り払うように軽く頭を振った。

「矢崎先生」

そのまま廊下を歩いていると、男性の声が自分の名前を呼ぶ。

足を止めて振り返ると、研修医の佐々木が蒼白《そうはく》な顔で駆けてくるのが見えた。

拓也の前まで来ると、佐々木はそのままの勢いで深く頭を下げた。

「先ほどはありがとうございます。僕の判断ミスで、患者さんを死なせてしまうところでした」

その言葉に、拓也は一瞬どう返すべきかを考える。

この佐々木は、二年目の研修医だ。

研修医とはいえ患者を受け持つこともあるし、二年目になると先輩医師が大丈夫だと判断した手術を任されることもある。

今日の深夜、近くの繁華街で火災が起き複数の傷病者が搬送されてきた。

佐々木と共に夜勤をしていた先輩医師は、彼にトリアージ黄色以下の患者の処置を任せて、自分たちは重症患者のオペに回った。

黄色のトリアージタッグが意味するのは中等症群とは、多少治療時間が遅れても命の危機がないと判断されている患者を意味する。だが場合によっては急変する恐れがあるので、決して気を抜いてはいけない。

それがわかっていたはずなのに、佐々木は、目視で確認しやすいヤケドを負った患者の対応にばかり気を取られ、別の患者の急変を見落とした。

偶然にもオンコールで駆けつけた拓也が、待機用のベッドで寝かされている患者が昏睡状態に陥っていることに気づき、事なきを得たのだ。その患者にはバイタルサインモニターはついておらず、誰もその急変に気づけずにいた。

佐々木としては、その患者が搬送時に受け答えがしっかりしていた上に『自分は大丈夫だ』と繰り返し話していたので安心していたのだと言う。

そして患者の急変を見落とした。

とはいえ、その場には他の医療スタッフもいたのだから、佐々木ひとりの責任ではない。

「患者の言葉を信じすぎるな。優しい人ほど、自分がどれだけつらくても平気で嘘をつく」

おそらく患者は、鳴りやまないコール音や騒然とするその場の空気を肌で感じて、自分以外の患者に気を使ったのだろう。

自分は大丈夫、こんなことで死ぬわけがないと信じて、他の人の治療を優先させたのだ。

その優しさを否定するつもりはないが、死というものは恐ろしいほど平等に、目についた者の人生をのみ込んでしまう。

そこに善悪の区別はない。

だから医師は、患者の言葉を信じすぎてはいけないのだ。

「取り返しのつかないミスを犯したくないのなら、いい意味でもう少し人を疑え」

叱るでもなく、励ますでもない拓也の言葉を嚙みしめるように、佐々木は深く頷いた。

手術室から救命救急に戻った拓也は、そのまま電子カルテに必要な情報を入力していく。

するとその傍らにコーヒーが入った紙コップが置かれた。

視線を上げると、最近移動してきた女性看護師の江口《えぐち》が立っていた。

「矢崎先生は、ブラックですよね？」

拓也と同世代の彼女は、艶っぽく微笑む。

自惚れるつもりはないが、彼女が自分と仕事の領域を超えた親密な関係を望んでいるのを感じるので面倒だ。

「前も言ったが、俺にはこういうことしなくていいから」

拓也は素っ気なく答える。

移動してきてすぐの頃の彼女から、食事に誘われ断った。それでこちらの気持ちはわかりそうなものなのに、江口はまだあきらめがついていないようだ。

これまでも女性からこういったアプローチを受けることは度々あった。

そういうときは昔から、こうやって冷ややか対応をすることで、相手があきらめてくれるのを待つことにしている。

大学時代から仲のいい隆司には、よく『もったいない』と言われるが、香苗以外の女性に興味のない拓也からすれば、好きでもない女性に好意を寄せられても迷惑なだけだ。

ましてや、奇跡的な再会を果たした彼女と同棲を始めた今、他の女性の相手をするつもりは毛頭ない。

プライベートな付き合いをする気はないと、拓也はつれない態度を取ることで、江口を突き放す。

だから空気を読んで会話を終わらせてくれればいいのに、江口は、拓也の腕に自分の手を触れさせて話を続ける。

「せっかくのお休みでしたのに、急な呼び出しで大変でしたね。先生はお休みの日になにをされているんですか？」

「今日は、妻が日勤だったから、夕方彼女を駅まで迎えに行って、サイズ調整を頼んでいた結婚指輪を受け取ってきた。そのついでにスーパーに寄って一緒に買い物をした」

本当は香苗が勤務する遠鐘病院まで迎えに行ければいいのだけど、いざという時には迅速に病院まで駆けつけられる場所にいなくてはいけない。

そのため駅での待ち合わせをして、ふたりで先日注文していた結婚指輪を受け取ってきた。

マンションに戻った後は、香苗の手料理を食べて、ふたりでのんびりとした時間を過ごしていた。

一緒に暮らすようになって二週間。最初は、遠慮が先に出ていた様子の香苗だけど、最近は拓也との暮らしにも慣れてきてくれたようで、くつろいだ様子を見せてくれている。

今の自分は、学生時代に夢見ていたままの時間を過ごさせてもらっている。香苗の希望でまだ婚姻届の提出には至っていないが、それでも自分は、彼女の夫なのだ。

その幸せを確かめるように、拓也は自分の左手薬指に視線を落とす。基本的にアクセサリーの装着は禁止されているが、ふじき総合病院も遠鐘病院も結婚指輪は例外としている。

拓也が昨夜お互いの指にはめ合った結婚指輪に視線を落としていると、江口が息をのむ気配を感じた。

視線を上げると、江口が表情を硬くして自分を見下ろしている。

「どうかしたか？」

「矢崎先生、結婚されてたんですか？」

拓也に声をかけられ、数回瞬きをした江口が言う。

彼女の視線は、拓也の左手薬指に注がれている。今ごろ、そこに指輪がはめられていることに気づいたらしい。

「ああ。まだ籍は入れていないが、半月ほど前から同棲を始めている。近々婚姻届も出すつもりだ」

拓也の言葉に、江口の手が腕から離れた。

そしてひどい裏切りを受けた相手を糾弾するような眼差しを、こちらに向けてくる。

「そ、そうなんですね。これ、お下げしておきます」

トゲのある口調で話し、江口は先ほど持ってきたコーヒーを手にすごすごと去っていく。

その切り替えの速さに、拓也は苦笑する。

相手が結婚したと知ったとたんあきらめがつくような感情を、拓也は〝愛情〟と認める気はない。

拓也なら、もし香苗が自分以外の誰かと結婚しても、あきらめることなんてできない。

どれだけつらくても、その痛みごとずっと彼女を想い続けていくことだろう。

そこまで愛しているからこそ、契約でもいいから彼女と結婚したいと思ったのだ。

7・大切なもの

朝、自室を出てリビングに入った香苗は「えっ」と、小さく声を漏らし、ソファーに駆け寄った。

ソファーでは、昨夜遅くオンコールの呼び出しを受けて出かけていった拓也が、その時と同じ服装のまま眠っている。

よほど大変な状況だったのか、ソファーで腕を組んで眠る拓也の目の下にはうっすらとクマができている。

シャワーを浴びる気力もなく、そのまま寝落ちしてしまったのだろう。

無防備に眠っているため、普段は前髪で隠している額の傷があらわになっている。

自分のせいで、彼に消えることない傷痕を残してしまったことに胸が痛む。

(下手に声をかけない方がいいよね)

今日の彼は休みなので、自然に目が覚めるまでそっとしておいてあげたい。

香苗はソファーの背もたれにかけてあったブランケットに手を伸ばした。

その瞬間、昨日彼にはめてもらった左手薬指の指輪が目に留まる。

指輪の存在を確かめて、香苗はこみ上げる幸福感に目を細めた。

たとえ愛のない契約結婚だとしても、彼と一緒にいられるという事実に胸が躍る。

それでいて素直に正式な結婚に進むことができないのは、彼を愛しているからこそ。

拓也のそばを離れたくないと思うのと同じくらい、彼に幸せな結婚をしてほしいと願う。

その相反した思いを持て余しつつ、拓也にブランケットをかけて立ち上がる。

香苗はそのまま簡単に身支度を済ませ、ひとりで出かけることにした。

拓也は、普段から他人の生活音で目を覚ますようなことはないと話しているが、さすがにリビングで眠っている時は物音で起きてしまうだろう。

今日は香苗も休みなので、外で食事を取り、そのまま買い物でもして時間を過ごそう。

ついでに香苗には、ひとりで行きたい場所もある。

マンションを出た香苗は、駅前のカフェで朝食を済ませると、そのまま横浜行きの電車に乗り込んだ。

目的は自身が勤務する遠鐘病院ではなく、ひとり暮らしをしていたマンションに荷物を取りに行くためだ。

拓也のマンションで暮らすことになった時、一度荷物を取りに行ったけど、その時は持ち出せなかった物があるのでそれを取りに行きたい。

ついでに郵便物の回収もするつもりだ。

(拓也さんには、絶対にひとりで自宅に近寄るなって、言われているけど……)

もし香苗が荷物を取りに行きたいと言えば、拓也のことだ、守ると約束したからと言って疲れていてもついて来るに決まっている。

それがわかっているから、黙って行くことにした。

拓也は水守が香苗になにかするのではないかと本気で心配しているけど、彼と暮らすようになって二週間、特に変わったことはない。

水守の姿を目にすることもないので、きっともうあきらめてくれたのだろう。そもそも街で彼を見かけたと思ったのは、勘違いだったのかもしれない。

最寄り駅で電車を下りた香苗は、その人の多さを見て今さらながらに今日が土曜日であることに気がついた。

(曜日に関係ない仕事だから、時々曜日感覚がなくなっちゃう)

一緒に暮らす拓也も同じようなものなのでなおのことだ。

土日休みの仕事をしている人と結婚した同僚看護師が、生活サイクルが違う人との結婚生活の苦労について語っていたのを思い出す。

自分たちは寝起きする時間も休日もその時々で違うので、うっかり相手が休みなのを忘れて起こしてしまうことがあるのだとか。

付き合っていた頃は理解を示していたのに、いざ夫婦として生活を始めると、なかなか休みが合わないことに文句を言われるのだという。

そのため、夜勤のない外来に異動しようか悩んでいると話していた。

結婚や出産を機に、働き方を変える看護師は多い。

ライフスタイルの変化に合わせて働き方を変えることができるのは、看護師の強みとも言える。

(私と拓也さんの場合、その辺のストレスはないよね)

まったく同じシフトで働いているわけではないが、お互いの働き方に理解がある。

そんなことを考えながら改札口を抜けた香苗は、ふと視線を感じた気がして足を止めた。

「え？」

周囲を見渡してみるけど、週末で賑わう構内はせわしなく人が行き交うだけで、誰かがこちらを見ている様子はない。

香苗に続いて改札を抜けてきた人が、突然立ち止まった香苗の背中を迷惑そうに押す。

「すみません」

謝って香苗は慌てて歩きだす。

(大丈夫だと思っていても、ちょっと神経質になっているのかな?)

自分の部屋に荷物を取りに行くだけなのに、急に弱気になるなんてどうかしていると、香苗は軽く頬を叩いて自分を鼓舞した。

バスに乗り込む際チラリと見上げた空は、灰色の雲に覆われている。

まだ梅雨入り宣言はされていないが、曇天が続いていて、空気もねっとり湿っている。

その重い空気に影響されたのか、さっきまで大丈夫だと思っていたのに、言葉でうまく表現できない不安が胸にこみ上げてくる。

(早く用事を済ませて、拓也さんのマンションに戻ろう)

その頃には、彼も起きているはず。

こんなふうに不安になるのは、拓也の言い付けを破っているせいもあるのだろう。

でもその後ろめたさがあっても、彼に知られることなく持ち出したいものがあるのだから仕方ない。

せめて早く拓也のもとに返ろうと、香苗はマンションに急いだ。

マンションでまず郵便受けを確認した香苗は、ダイヤル式の鍵の番号がちゃんと〝0〟で留まっていることに安堵した。

（やっぱりさっきのは、気のせいだよね）

そう安堵しても胸のざわめきはおさまらないので、香苗は足早にエレベーターに乗り込んだ。

自分の部屋に入っても、その不安感を拭い去ることができず落ち着かない。

それはもしかしたら、香苗にとって自分の居場所は、拓也と暮らすあのマンションになっているからなのかもしれない。

手早く荷物をまとめた香苗は、それを持ってきたトートバッグにしまうとマンションを後にする。

「帰ろう」

早く拓也のいる場所に戻りたい。

肩にかけてバッグの紐《ひも》を強く握り、マンションを出た香苗はそのまま歩きだした。

香苗が暮らしていたマンションは、古くかあらある住宅街の一角にある。

少々坂が多いのが難点だが、静かで治安がよい上に、目の前にバス停もあるので夜勤の時でも不安を感じない。

過保護な父が、ひとり暮らしをすることになった娘のために、あれこれ調べて選んだ物件だけある。

だけど今日は、その静けさが、香苗を落ち着かない気持ちにさせる。

バス停の時刻表を確認すると、ちょうど出たばかりだった。

「駅まで歩こう」

空を見上げると、さっきより雲の厚さが増していて、いつ雨が降りだしてもおかしくない様子だ。

その天候が余計に不安をあおる。

少し待てば次のバスが来るのはわかっているのだけど、今は静かなこの場所を早く離れたい。

でも歩きだした直後、香苗の肩を背後から伸びてきた手が摑む。

「あれ、九重さん偶然だね」

そんな言葉とともに、グイッと肩を引かれた。

その勢いに、抵抗する余裕もなく体が反転させられる。

そして振り返った先に立っていた人の顔を見て、香苗は息をのんだ。

「み……水守さん」

緊張しつつ名前を呼ぶと、水守が目を細める。

本人としては笑っているつもりなのだろう。

だけど感情が伴っていないため、その笑顔はぎこちなく違和感にあふれている。

「うれしいなぁ、俺のこと覚えていてくれたんだ。こんなところで会うなんて偶然だね」

己の表情のいびつさに気づくことなく水守は言うが、都内在住の彼が偶然この場所にいるはずがない。

「水守さんは、どうしてここに」

下手に相手を刺激しない方がいいと判断した香苗は、とりあえずそう聞いてみる。

「知らなかった？　俺もこの辺に住んでいるんだよ。これって運命かな？」

水守が明確な嘘をつく。

拓也に言われた時はまさかと思ったけど、彼は本当に香苗にストーカー行為をしていたようだ。

もちろんゴミや郵便受けをあさったのが水守だという証拠はない。それにそれを問いただしたところで、彼は正直には答えてくれないだろう。

それに香苗としては、事実確認なんてどうでもいいから、早くこの場を離れたい。

「そうですか。それじゃあまた……」

形だけの挨拶をして、香苗は立ち去ろうとしたのだけど、水守が摑む手に力を入れてそれを引き留める。

「九重さん、最近部屋に帰っていないよね。どこで寝泊まりしているの？」

最近香苗が部屋に帰っていないことを確信している彼の言い方に、心臓が凍りつく。

「な、なんのことですか？」

緊張でこわばる舌をどうにか動かしてとぼけると、水守の顔から表情が消える。

「なにそれ、俺のことバカにしてる？　俺がどれだけ時間をかけて、九重さんのこと調べていると思ってるの？」

そんな自己主張されても怖いだけだ。

平然とそんなことを言う人に、正直に答えるはずがない。

それなのに水守は、己の努力を認めさせないと気が済まないのか言葉を続ける。

「最近、バスの利用もやめたよね。いつ来てもマンションに明かりがついていないし、先週末は話がしたくて病院前のバス停でずっと待っていたのに来なかった。もしかしてと思って、駅で張っていたら、九重さんが電車から降りてきたから驚いたよ」

さっき偶然を装って話しかけてきたことも忘れて、水守はそんなことを言う。

遠鐘病院の敷地は広く、電車とバスでは使う通用口が異なる。だから香苗はこれまで、バス停を見張る水守に遭遇することがなかったのだ。

それに彼にも自分の生活があるので、香苗を見張るのは仕事の後や休日だけだったのだろう。

二週間前に拓也と合流した後は、彼の車で移動したから行方を見失い、その後は香苗がどこにいるのかわからなくなっていたのだ。

それで先週末と今週、二回に分けてバス停と駅の両方を見張り、今日、電車を降りてきた香苗を見つけたらしい。

駅で感じた視線が彼のものだったのだと思うと、恐怖で肌が粟立《あわだ》つ。

「すみません。今、急いでいるので」

肩を掴む手をどうにかしたくて、香苗は身じろぎをしながら後ろに下がるが、力の差があり、彼の手を振りほどくことができない。

それどころか、香苗を逃がす気はないと言わんばかりに、水守が肩を摑む指により力を込めてくる。

「九重さんが俺を避けるようになったのは、あの男のせいだよね？　俺と九重さんが仲よく話してたのに、アイツが邪魔して……」

香苗が痛みに顔をしかめていることにも気づかず、水守が勝手なことを言う。

彼の目に見える世界は、完全にゆがんでいる。

「離してください」

香苗はそう言って、素早く身を屈めた。

さっきからずっと、後ろに下がることで彼から離れようとしていたので、その動きは予想外だったのだろう。

不意の動きについていけなかった水守の手が、香苗の肩から離れた。

身を低くしたまま数歩下がった香苗は姿勢を戻すと、体を反転させて一気に走りだす。

「クソッ！　待てよ！」

すぐに吐き捨てるような乱暴な声が背中を追いかけてくる。

退院して日常生活に戻ったとはいえ、水守の足はまだ本調子ではない。

それなら女の足でも逃げられると思ったのに、彼の手が、香苗が肩から下げていたトートバッグの紐を摑む。

紐を強く引かれたバッグが肩からすべり落ちて、中身が地面を転がる。

今なら荷物をあきらめて走れば、そのまま逃げきれるかもしれない。幸いスマホは、服のポケットに入れてある。

水守をまいた後で警察に電話をして、荷物はその後でどうにでもなる。

頭の冷静な部分ではそれがわかっているのに、香苗は足を止め、地面に転がったあるものを拾おうと手を伸ばす。

壊れないようにと大事にタオルにくるんであるそれだけは、この場に残していけない。

思わず伸ばした香苗の手を、水守が摑んで、そのままどこかに引きずっていこうとする。

「やめてくださいっ！」

「お前はあの男に騙されているんだ。俺の方がお前にふさわしいって、わからせてやる」

怒気をはらんだ水守の声に身をすくませる香苗の脳裏に、ある人の姿が浮かぶ。

「拓也さんっ！」

香苗が咄嗟に口にした名前に、水守が目をつり上げる。

「テメエッ！」

激高した水守が片手を大きく振り上げるのが視界に入って、香苗は強く目を閉じた。

でもそうやって彼が騒いだことで、異常事態に気づいた近くの家から住人が出てきてくれた。

「やめなさい！　警察に電話したわよ」

「クソッ」

大声を張り上げる中年女性の手にスマホが握られているのを見て、水守が舌打ちすると、香苗から手を離して逃げ出す。

彼が立ち去る姿に体から一気に力が抜けて、香苗は、そのままその場所にへなへなと崩れ落ちた。

「ちょっと、あなた大丈夫！」

警察に通報したと話した女性は、大慌てで香苗に駆け寄ってきた。

「あ……ありがとうございます」

彼女に背中をさすられ、多少の落ち着きを取り戻した香苗は声を絞り出してお礼を言う。

そして先ほど拾おうとした荷物に手を伸ばしたが、恐怖で手が震えてうまく持つことができない。

「これ？」

香苗がしたいことを察した女性が、香苗に代わってそれを拾い上げ、握らせてくれた。

香苗はお礼を言って、中を確認する。

なにかの拍子に傷つけないようにと、くるんであったタオルをめくると、淡い桜色をした陶器製の写真立てが姿を見せた。

右下に背伸びをしてフレームの中を覗き込むような姿勢のうさぎの装飾があるそれは、昔拓也からもらった誕生日プレゼントだ。

写真立てには、学生時代のふたりが笑顔で映っている。

きっと彼は、今も香苗がこれを持っているとは思っていないだろう。

だけど香苗にとって、これは拓也との大事な思い出の品なのだから捨てられるわけがない。

前回荷物を取りに来た時は、拓也に自分の気持ちを悟られると困るので写真立てを置いてきたけど、ずっと気になっていた。

「よかった。壊れてない」

香苗は安堵の息をついて写真立てを胸に抱きしめると、ポケットのスマホが鳴った。

◇◇◇

「ご連絡をいただいた矢崎拓也です」

血相を変えて警察署に飛び込んだ拓也は、切羽詰まった声で言う。

すると対応してくれた警察署員が、「こちらです」と、拓也を警察署の二階へと案内してくれた。

たぶん自分は、相当ひどい顔をしていたのだろう。

階段を上り廊下を歩く間、繰り返し「大丈夫ですか？」と確認された。

「大丈夫です。彼女をひとりで外出させたことを後悔しているだけです」

拓也は強く拳を握りしめる。

昨夜、繁華街で火事が起き、病院からの呼び出しを受けた。

ひと晩中その処置に追われ、家に戻ると、ソファーに腰を下ろすなり泥に沈み込むように眠りに落ちてしまったようだ。

目が覚めると昼近くで、すでに香苗は出かけた後だった。

彼女が出かけることに気づけなかった自分を悔やみつつ連絡すると、知らない女性が香苗の電話に出たのだ。

そしてその女性に、香苗が男に絡まれているところを助け、警察の到着を待っているところだと聞かされた。はやる気持ちを必死に落ち着かせ、警察と連絡を取りつつ急いで駆けつけて今に至る。

「失礼します」

案内してくれた警察職員がノックしてドアを開ける。

「香苗っ！」

ドアの隙間から彼女の姿が見えた瞬間冷静さを失い、拓也はもどかしさを抑えきれず、腕を伸ばしてドアを押し開けていた。

「拓也さん」

こちらの姿を見るなり、蒼白な顔をした香苗が立ち上がる。

拓也は、ほんの数メートルの距離をもどかしく思いながら床を蹴って彼女に駆け寄り、そのまま強く抱きしめた。

「香苗、ひとりで行動させてごめん」

そう言って抱きしめた香苗の体は、小刻みに震えている。

拓也はその震えをどうにかしてあげたくて、より強く香苗を抱きしめた。

彼女が黙って出かけたのは、疲れて眠る自分を気遣ったからだとわかるだけに苦しい。

ひとしきり泣いて香苗が落ち着くのを待って、拓也は警察から説明を受けた。

一度しっかり感情を吐き出したことで多少は落ち着いたのか、香苗も同席し、警察になにか確認されればきちんと受け答えをしていた。

その話を要約すれば、あの水守という男はやはり香苗にストーカー行為を働いており、マンションから出てきた香苗に声をかけ、彼女をどこかに連れ去ろうとしたのだという。

抵抗する香苗の声に気づいた近くの住人が警察に通報してくれたおかげで、それは未遂に終わったが、話を聞くだけで血の気が引く。

ひと通りの話を聞き終えた拓也は、香苗の意向を確認した上で水守にストーカー規制法に基づいて接見禁止命令を出してほしいことを伝えた。

「目撃者の証言もありますので、すぐに禁止命令が発効されると思います。無理やりどこかに連れていこうとしたのであれば、拉致監禁未遂の適用も視野に入れ、九重さんに二度と近づくことのないよう働きかけていきます」

警察のその言葉に、隣に座る香苗が安堵するのがわかる。

そんな怖い思いをさせてしまったことが、本当に申し訳ない。

「よろしくお願いします。こちらからも場合によっては、弁護士を雇い、彼に警告を出していきたいと思います」

その辺の対応は、相手の反応を見ながら決めていく必要がある。

この件に関しては、事前に知人の弁護士には相談済みだ。

その時受けたアドバイスによれば、警察や弁護士といった存在の影をチラつかせることで、あきらめて引き下がるケースがほとんどだが、中には逆恨みで逆上する者もいるので、相手の反応を見極めて行動を起こす必要がある。

大事なのは、これ以上香苗に怖い思いをさせないことだ。

その辺は警察も心得ているのだろう。

相手の反応を見ながら、効果がありそうなら、拓也がさらなる法的措置を考えていることを伝えると言ってくれた。

「助けてくれた人には、後日改めてお礼をしに行くとして、今日は帰ろう」

必要な手続きを終えて香苗に声をかける。

「これ、奥さんの荷物です」

香苗に付き添ってくれていた女性署員が、拓也に大きなトートバッグを差し出す。

お互い左手薬指に指輪をしているし、事件の経緯を話す中で入籍はまだ先だが一緒に暮らしていると伝えたので、そう呼んでかまわないと判断したようだ。

「ありがとうございます」

お礼を言ってトートバッグを受け取った拓也は、それを肩にかけようとして動きを止めた。

雑多に荷物が詰まったトートバッグの一番上、畳んだタオルの上にのせられているのは、ずっと昔に自分が香苗に贈った写真立てだ。

とっくに捨てたと思っていた写真立てを、今も彼女が持っているだけでも驚きなのに、写真立ての中では、あの頃のふたりが笑っている。

「え、これ?」

「奥さん、どうしてもこれを取りに行きたかったんですって」

拓也がなにを見ているのか理解して、荷物を渡してくれた女性署員が言う。

思いがけない言葉に驚いて香苗を見ると、さっきまで緊張で顔をこわばらせていた彼女が、赤面して口をパクパクさせている。

その表情がかわいくて、つい噴き出してしまう。

拓也のその反応に、香苗が一段と顔を赤くするのが余計におかしい。

そんな場合じゃないとわかっているのに、愛おしさで胸がいっぱいになり、笑いをこらえられない。

拓也のクスクス笑いとそれを見て赤面する香苗の姿に、室内を満たしていた緊張した空気が一気に和んでいくのがわかった。

8・本当の気持ち

　警察での事情聴取を終えた香苗は、拓也と共に、ふたりで暮らすマンションに戻った。

　香苗に続いてリビングに入った拓也は、持っていた香苗のトートバッグを近くのスツールに置くと、背後から香苗を抱きしめた。

「拓也さん？」

　香苗は、肩越しに自分を抱きしめる拓也の腕に手を重ねる。

「どういうことか、ちゃんと話してくれ」

　香苗を自分の腕の中に閉じ込めて拓也が言う。

「ちゃんと話すからちょっと待って」

　香苗がそう言っても拓也は納得してくれない。より強く香苗を抱きしめ、首筋に顔を埋める。

　どこまでも香苗優先に動いてくれる拓也も、マンションに到着したことで、感情が抑えられなくなったのだろう。

「ごめん。いつでも香苗の思いを最優先にしたいと思っているけど、混乱していて、自分の気持ちが抑えられない」

そう話す拓也の声が震えている。

確かにそうだ。

あの写真立てを見つけた拓也は、香苗が今もそれを持っていたことにかなり驚いていた。

本当はその場で説明を求めたかったのだろうけど、それでも理性的に、まずは家に帰ろうと言って香苗を車に乗せた。

香苗を強く抱きしめたまま「香苗は、俺のことを負担に思って別れたんじゃないのか？」と聞く。

「ごめんなさい。あれは嘘だったの」

抱きしめられたまま、香苗は首を大きく横に振る。

自分にとって拓也は、人生でただひとり愛した人なのだ。その彼を負担に思うはずがない。

香苗は彼の腕に自分の手を重ねた。

「私は、拓也さんのことを愛しています」

ずっと胸に秘めていた香苗の告白に、拓也が大きく息をのむ。

彼に別れを告げたのは香苗だ。それに今の拓也には、他に想いを寄せる人がいる。

だから自分の気持ちは秘密にしておくつもりでいたのだけど、水守の件があって考え方が変わった。

大げさに思われるかもしれないけど、常識的な会話が成立しない水守に腕を掴まれどこかに連れていかれそうになった時、命の危険を感じた。

その時、もう拓也に会えないかもしれないと思ったら急に怖くなったのだ。

このまま自分が死んでしまえば、自分が彼をどれほど愛していたかを知る者がいなくなる。

そう思ったらどうしようもなく悲しくて、自分のこの想いを告げることなく死ぬなんてできないと思った。

(私、すごく自分勝手な人間だ)

再会して、どれだけ優しくされても、彼には他に想う人がいる。

だから拓也の迷惑にならないよう、自分の想いは心に秘めておくつもりでいたのに……。

「それは昔のことで、今の香苗には、他に好きな人がいるんじゃないのか?」

拓也の言葉に、香苗は首を横に振る。

「私の好きな人は、今も昔も拓也さんただひとりです」

「じゃあどうしてあの時……」

驚きのあまり自分を抱きしめる彼の腕の力が弱まったのを感じて、香苗は、彼の腕を解いて向き合う。

「私の存在が、拓也さんの負担になっていると感じて。拓也さんの幸せのために、別れた方がいいと思ったんです」

ずっと自分の胸に納めていた想いを言葉にする。

あの時拓也は、香苗の別れ話をあっさりと受け入れた。彼のその態度に、香苗は、自分の選択は正しかったと思ったのだ。

「なんで、そんなふうに？」

拓也は理解できないと、乱暴に髪をかき上げた。

そうすることで、古い額の右側にある傷があらわになる。

後遺症がないとはいえ、彼の足にも同じように一生消えることのない手術痕が残っているのだと思うと、今でも胸が痛む。

香苗の視線がなにを捉えているか気づいたのだろう。

一度かき上げた髪を手櫛で整えて、拓也が悲しげに視線を落とす。

「このケガは、香苗のせいじゃないと何度も言ったのに」

「だけど……私のせいで、拓也さんは走れなくなったんですよね？」

学年が違い、香苗が高校に入学した頃には、拓也は陸上部を辞めていた。そのため彩子に聞かされるまで、陸上部の注目選手だったことを知らなかった。

だからこそ拓也が自分にそのことを黙っていたのは、言葉にすれば、香苗への恨み言が出てしまうからではないかと考えた。

あの頃、自分のことを好きだと言ってくれた彼の言葉を疑うつもりはない。でも人の心はひとつじゃない。

香苗を愛してくれる反面、心のどこかで、香苗を助けたことを後悔しているのではないのか……。

そんな疑念が湧き上がり、抑えることができなかった。

「それに医大受験の勉強はすごく大変だから……。私と付き合っていなければ、拓也さんは違う選択をするんじゃないかなとも思いました」

「なんでそんなふうに」

拓也は信じられないと唸《うな》る。

香苗がそんなふうに考えるようになったのは、拓也の進路を巡り彩子に『疫病神』と罵られたせいだ。

でも彼女にその話を聞かされた時、拓也の母親も同席していたので、できればそのことは話したくない。

うつむいて黙り込む香苗を、拓也は再びそっと抱きしめた。

「俺、医師として偉そうなこと言えないな」

「え？」

突然話が飛んだ。

不思議に思い彼を見上げると、拓也が悲しげに眉尻を下げる。

「昨夜、後輩の医師に『患者の言葉を信じすぎるな。優しい人ほど、自分がどれだけつらくても嘘をつく』『取り返しのつかないミスを犯したくないのなら、いい意味でもう少し人を疑え』なんて偉そうなことを言ったけど、俺自身がずっと香苗の優しさを見落としていたんだな」

香苗の首筋に顔を埋めて、苦しげに「嘘をつかせてごめん」と謝った。

「拓也さんは、なにも悪くないです」

「違う。香苗の言葉を疑わなかった俺が悪い」

香苗は必死に首を横に振るけど、拓也は抱きしめる腕に力を込めることでその動きを妨げる。

「あの時の俺が香苗の別れ話を受け入れたのは、俺が香苗に対して後ろめたさがあったからなんだ」

「え？」

彼が、香苗に後ろめたい感情を抱く必要はどこにもない。

拓也は背中に回していた腕を解き、香苗の頬を両手で包み込む。

「まだ傷が癒えていない俺に告白されれば、香苗は断れない。それがわかっていたのに、他の誰かに取られるのが怖くて告白したんだ」

「まさかっ！」

彼がそんなふうに思っているなんて、考えてもいなかった。

拓也が香苗に顔を寄せる。

え！　驚いた時には、拓也の唇が自分のそれに触れていた。

互いの唇を触れ合わせるだけの軽い口づけだけど、それでも重ねた唇から彼の愛情が伝わってくる。

顔を上げた拓也が、親指で香苗の唇を拭ってはにかんだ表情を浮かべる。

「香苗のことが、どうしようもないくらい好きだった。だから同情でもいいから、俺のそばにいてほしいと思っていた」

「そんなこと……」

あるはずがない。

だって香苗は、ずっと前から彼に片思いをしていて、同じ高校に合格することができたら、告白しようと決めていたのだから。

香苗がそう話す前に、拓也が「香苗のお父さんには、俺のズルさを見抜かれていたんだよ」と、続ける。

「父が？」

香苗の父がふたりの交際を反対していたのは、両者の家庭環境の違いによるものではなかったのか。

香苗のその言葉に、拓也は首を横に振る。

「どうやら俺たちは、長い間、たくさんのすれ違いを重ねていたようだ」

拓也は香苗をソファーに座らせると、自分は一度キッチンに行き、ふたり分の飲み物を用意して戻ってきた。

そして香苗の隣に座り、後悔を滲ませた口調で、香苗の知らない場所で彼女の父が

『娘は君に罪悪感を抱く。そんな人が相手では、対等な関係を結べない』と、当時高校生だった拓也に頭を下げて別れてくれるよう頼んだのだと語った。

でも心から香苗を想っている拓也には、その選択ができなかった。だからせめて、香苗の父と交わした『どうしたらあの子を幸せにできるか、それを考え続けてほしい』という約束だけは守らなくてはいけないと思ったのだという。

「だから香苗が別れたいって言った時は、君のお父さんが言ったとおり、今の俺じゃ駄目なんだって納得できた。香苗の幸せを一番に考えていたかったから、あの時は君を引き止めることができなかった」

「あっさり私との別れを受け入れたのは、拓也さんにとって、私はその程度の存在だったからなんだと思っていました」

初めて聞かされる話に驚きつつ、香苗が言う。

「まさかっ！　あの時の俺は、今の自分が香苗にとって重荷になるから、ケガを完治させて、一人前の医師になってから迎えに行けばいいと思っていただけだ。その時、香苗に他に恋人ができていたとしてもかまわない。君に選んでもらえる男になれるよう努力するつもりでいた」

今さら知らされる彼の覚悟に、香苗の胸が熱くなる。

「進路にしても、医師になりたいと思ったのは俺の意思だ。あのケガがそう思うきっかけになったのは事実だが、もし医師以外の職業を選択していたとしても、間違いなく俺は香苗にプロポーズしていたから、その選択を香苗が負担に思う必要はなかったんだよ」

「そうだったんですね……」

香苗との再会を果たすためにも早く一人前の医師になろうとストイックに医学に邁進する日々で、徐々に纏う空気が冷ややかなものへと変化していったのだという。そのうえ香苗以外の女性になびくつもりのない拓也の素っ気ない態度も手伝い、周囲からは『冷酷救命救急医』とまで呼ばれるようになっていたのだという。

そんな頑なな態度も、香苗との復縁を果たしたことで終わりだと、拓也は優しく微笑む。

その表情は、思い出の中にいる〝彼〟の姿に重なる。

「逆に、自分の夢を叶えることが、香苗との未来につながるのをラッキーに思っていたくらいだ」

そう話す拓也は、そこで一度言葉を切り、肩をすくめてから続ける。

「だから研修医を終えて、ふじき総合病院に正式に医師としての採用が決まった時に香苗に連絡を取ろうとしたんだけど、番号が変わっていて……」

「電話は……」

再会後、拓也に今の連絡先を聞かれた時は、てっきり講習のことで連絡しようとして、初めて香苗の番号が変わっていることに気がついたのだと思ったけど、そうではなかったのだ。

彼はそれよりずっと前に、香苗に連絡を取ろうとしてくれていたんだ。

「私が番号を変えたのは、そうしないといつまでも拓也さんの連絡を待ってしまう自分がいたからです」

彼の肩に頭を預けて、その頃の思いを打ち明ける。

別れてからずっとスマホが鳴るたびに、彼からの連絡を期待して落胆するということをくり返していた。しまいには、鳴ってもいない電話の着信音を聞いた気がして、スマホを確認するようになっていた。

そんな自分が嫌になって、大学進学を機に番号を変えたのだ。

結果、自分たちは再会するまでに、十年以上の時間を要した。

「長い間待たせてごめん」

香苗の頭を撫でながら拓也が言うが、そうじゃない。髪に触れる彼の手に、自分の手を重ねて言う。

「私をあきらめないでいてくれて、ありがとうございます」

「こんなに愛しているのに、あきらめられるわけないだろ」

「でも、拓也さんには、誰か他に好きな人がいるじゃないんですか？ 学生時代の彼女とか？」

「大学時代の彼女？ そんな相手、いるわけないだろ。香苗のことをこんなに愛しているのに」

「え、でもじゃあ……」

依田が話していた、大学時代に拓也の部屋にいたという女性は誰なのだろう。

でもそれ以上のことを考える余裕を、彼が与えてくれない。

髪を撫でていた拓也の手が、頬に移動していくのに合わせて香苗が視線を上げると、拓也が唇を重ねる。

「ずっとこうしたいと思っていたのに」

「ん……ッ」

最初はただ唇を触れ合わせるだけのキスだったのに、それはすぐに大人の口づけに変化していく。

重ねた唇の隙間から侵入した彼の舌が、口内を蹂躙《じゅうりん》する。

舌で舌を撫でられる感覚に、香苗の体が思わず跳ねた。

彼を拒絶するつもりなどまったくないのに、生まれて初めての濃厚な口づけに、体の緊張が抑えられない。

拓也は、そんな香苗の反応を味わうように舌で上顎を擦り、歯列を撫でていく。

「う……ふぅ…………っ」

重なり合う唇の隙間から甘い息を漏らし、彼から与えられる刺激に身を委ねていると、不意に拓也が香苗の肩を押した。

「拓也さん？」

緩やかな彼の拒絶に香苗が戸惑いの声をあげると、拓也は前髪をかき上げて困り顔で言う。

「なんて言うか、これ以上香苗に触れていると、感情の抑制がきかなくなるから」

「え？」

すぐには彼がなにを言っているのか理解できずにいると、拓也が困り顔で香苗の耳元に顔を寄せて「俺も男だから」と囁く。

「それは……」

どういうことだろう？

彼の言わんとすることを理解できずにいると、拓也に再度唇を重ねられた。

拓也は、そのことに驚く香苗の腰を撫で、そのまま上へと移動させていく。

「あ……っ」

初めての感覚に、香苗が思わず声を漏らすと拓也が慌てて手を離す。

そしてコツンと香苗の肩に額を預ける。

「俺が必死に自分の欲望と闘ってるのに、その声は反則だろ」

そう唸って、大きなため息をついた。

それでやっと拓也の言いたいことを理解した香苗は、赤面して視線を泳がせる。

いい年をして……と、思われるかもしれないけど、拓也以外の男性と付き合ったことのない香苗は、そういった経験がないのだから仕方ない。

「あ、えっと……ごめんっ」

なんだろう。色々恥ずかしい。

言葉で説明できない気恥ずかしさから、香苗は「そういうこと初めてだったから、うまく気づけなかった」と付け足す。

すると拓也がすごく驚いた顔でこちらを見た。

いい年をしてなにを言っているのだと思われたかもしれないが、本当のことなのだからしかたない。

香苗がそういうふうに触れられたいと思える相手は、この世に拓也ひとりだけなのだから。

「実は俺も」

「え、嘘。だって拓也さん、女の人にモテるでしょ？」

こんなイケメン医師、周囲の女性が放っておくはずがない。

目を丸くする香苗に拓也が言う。

「好きでもない女性に愛されても、意味がないだろ。俺の人生には、香苗以外の女性は必要ない」

彼の言葉に、泣きそうになる。

香苗もまったく同じ気持ちで、これまでの日々を過ごしてきたのだ。

「私たち、離れていても想いは一緒だったんですね」

香苗の言葉に頷いて拓也が立ち上がった。

そしてチェストの引き出しから何か取り出し、すぐに戻ってきた。

「これ」

彼が取り出したのは、以前書いた婚姻届だ。

てっきりそれを出しに行こうと提案してくれると思ったのに、拓也は香苗が見ている前で、それをビリビリとふたつに裂く。

「えっ！」

思いがけない彼の行動に香苗は目を丸くするが、拓也はそれでいいのだと言いたげだ。

「これにサインを求めた時の俺は、香苗が俺のことをどう思っているかわからなくて焦っていた。香苗に愛されているなんて思ってもいなかったから、こんな紙切れ一枚の約束に、必死になっていた」

二枚に裂いた紙を重ねて、またふたつに裂く。

そうやって婚姻届を無効なものにしてから拓也が続けた。

「だけど今は違う。心から愛し合う夫婦として、ふたりでこの先の人生を共にするために、まずは香苗のご家族にきちんと挨拶をしたい。そして時間をかけて、これからのことを話し合おう」

「はい」

今度こそ、自分たちは本当の夫婦になっていくのだ。

香苗はその喜びに胸を高鳴らせながら彼の言葉に頷いた。

その夜、香苗は初めて拓也の寝室で眠った。

正しくはこのマンションで暮らすことになった初日、彼の寝室で眠ったのだけど、その時は拓也がリビングのソファーで眠り、香苗ひとりで彼のベッドを使わせてもらったのだった。

だけど今日、香苗の隣には拓也がいる。

「香苗、触れてもいい？」

別々にお風呂に入り、一緒のベッドに入る拓也が聞く。

互いに体を横向きにして向き合い彼の胸に額を押しつけていた香苗は、拓也のその律儀さを愛おしく思いながら頷く。

「はい」

香苗が小さな声で返事をして彼を見た。

視線が重なると、拓也は香苗の頬にかかっていた髪を払いそのまま額にキスをする。

「香苗、愛してる」

甘くかすれた拓也の声が耳元で聞こえて、それだけで肌がゾクリと震えた。

拓也に愛の言葉を囁かれるのは、これが初めてではない。

それでも学生時代も含めて拓也にこんなふうに、男性としての欲望を感じさせる声で囁かれたのは初めてで、それだけで香苗の鼓動が一気に高まっていく。

「拓也さん、私もあ……」

香苗も彼を見上げて想いを伝えようとしたのだけど、最後まで言葉を言いきるより先にキスで口を塞がれてしまった。

「……んっ……ぁっ」

唇を重ねるなり舌を挿入され、香苗は呼吸を乱す。

拓也は香苗の肩を押し、彼女の体をあお向かせそのまま覆いかぶさってきた。

一度唇を離した拓也は、顔を上げて香苗の顔を覗き込む。

「香苗、君のすべてを俺のものにしていいか?」

そう問いかけてくる拓也の眼差しは、男性としての情熱を宿している。

「私のすべては、ずっと前から拓也さんのものです」

そう答えて、香苗は彼の首筋に自分の腕を絡めた。

「あぁ……はぁ……」

香苗のその動きに拓也の体が引き寄せられ、再び唇を重ねる。

重ねた唇の隙間から熱い息が漏れる。

お互い不慣れなはずなのに、拓也のキスは巧みで、あっさりと香苗の呼吸を乱していく。

濃厚な大人の口づけに香苗が肩をくねらせると、拓也の大きな手が肩を撫でた。

「香苗、初めて見る顔をしている」

こちらを覗き込んで拓也が言う。

でもそれは拓也も同じだ。

普段の拓也は端正な顔立ちも手伝ってクールなイメージが強いけど、今日の彼は違う。

ひとりの男性として、女性である香苗を求めてくれている。

「……夢みたい」

思わず漏れた香苗の言葉に、拓也が「俺も」と、呟く。そして再び、香苗にキスをする。

彼が自分を求めるのと同じぐらい、自分も彼を求めている。

その想いを伝えたくて、香苗は懸命に彼の口づけに応えた。

拓也は香苗のすべてを味わうように、唇だけでなく、耳たぶや額、首筋などにキスをしていく。

「緊張しないで、俺にすべてを任せて」

触れる唇で香苗の緊張を感じ取ったのか、耳元で拓也が囁く。

するとまるで魔法でもかけられたかのように、香苗の体から緊張がぬけていくから不思議だ。

拓也にとってもこれは初めての行為のはずなのに、巧みなリードで香苗の心を蕩《とろ》けさせ、香苗が濃厚な口づけに溺れている隙にパジャマを脱がせていく。

香苗を一糸まとわぬ姿にした拓也は、彼女の腰にまたがった姿勢のまま自身が着ていたTシャツを脱いだ。

仕事柄、拓也が鍛えられた体つきをしているのは理解していた。

それでも実際に筋肉で引き締まった彼の体を目の当たりにすると、洗練された芸術品を眺めているような気持ちにさせられる。

綺麗……と、香苗は口にせず心の中でこぼす。

そんな彼に自分の体を見下ろされて、香苗は羞恥心を覚えた。

「恥ずかしいから見ないで」

香苗は胸の前で腕をクロスさせて、自分の胸を隠した。

「香苗、隠さないで。君のすべてを俺のものにするって言ったはずだ」

拓也はそう言って、香苗の両手首を左手だけで持ち、頭の上で押さえつける。

そうするともう、彼の視線から逃れる術はない。

「拓也……さん、私、すごく緊張しています」

「俺も。でもそれ以上に君を求める気持ちを止められない」

拓也はそう言って、香苗の胸元にキスをする。

柔らかな肌で感じる唇は、不思議なほど冷たい。でもそう感じたのは一瞬のことで、すぐに香苗の体温になじんでいく。

拓也はその後も、時間をかけて香苗の隅々まで愛撫してくれた。

大好きな人に優しく肌を撫でられ、愛の言葉を囁かれると、香苗の体の緊張はほぐれていき、彼への愛おしさだけが胸を支配していく。

そうやって十分香苗の心と体をほぐした後に、拓也は香苗の中へと侵入してきた。

初めての行為に痛みがなかったといえば嘘になるけど、香苗にとってそれは、お互いの境界線をなくしてひとつになっていく行為に思えた。

だから、彼から与えられるその痛みさえ愛おしいと、香苗は彼から与えられる刺激のままに喘《あえ》いだ。

「大学時代はなにが一番大変でしたか？」

肌を重ねて、互いの愛情を確かめ合った後、そのまま眠ってしまうのが惜しくて香苗は彼の胸に甘えながら話しかけた。

初めての行為に下腹部が鈍く痛むけど、拓也と愛し合った証拠なのだと思うとそれも心地よい。

香苗がまどろみと鈍痛の両方を味わいながら思いついたままの質問を口にすると、彼女の下腹部に手を添えていた拓也が即答する。

「香苗に会えなかったこと」

彼の答えに香苗はクスクスと笑う。

「それは、私も同じです」

「でもそう思っていたからこそ、俺は医師になれたんだと思う」

香苗の隣で横向きに体を休める拓也は、香苗の腹部を撫でながら言う。

「え？」

「香苗に会えない以上につらいことなんてない。そう思っていたから、どんなことでも乗り越えることができた」

そう話す拓也は、香苗の髪にキスをして続ける。

「俺が今こうやって医師になれたのは、香苗のおかげだ。いつか一人前の医師になって君を迎えに行く、そう心に誓っていたから、勉強や研修医時代の過酷な日々を乗り越えることができた。それに、医療の道に邁進することでいつか香苗に再会できると思っていたからつらいなんて思うことはなかったよ」

「それはすべて、拓也さんの実力です」

香苗はなにもしていない。

できることなら、彼の大変な時代を自分が支えたかった。——そう悔やんでいると、拓也が香苗に甘える。

「その分、これからの俺を支えて。もう二度と、香苗と離れるなんて考えられないから」

「それは、私の台詞です」

奇跡的な再会を果たし、彼の想いを知った今、離れるなんてことはできない。

それに一緒にいれば、拓也が救命救急医の仕事にどれだけやりがいを感じているかはわかる。

医師は過酷な仕事なのだ。

今まで支えられなかった分も、これからは医師として働く彼の生活をサポートさせてもらいたい。

香苗は寝返りをうって、横向きに拓也と向き合うと、彼の胸に額を寄せる。

「拓也さんのいい奥さんになれるように頑張ります」

照れながらそう言うと、拓也がその背中を撫でてくれた。

「そのためには、まずは香苗の家族に挨拶に行こう。だけどその前に、俺としては新しいベッドを買いに行きたい」

「ベッド?」

前も、香苗が使うベッドをちゃんとしたものにしたらどうかと言われたことがある。

こうしてお互いの想いを通わせることができたけど、シフトのすれ違いも多いだろうから、普段はこれまでどおり寝室は分けようということだろう。

「私、今のままで大丈夫ですよ」

確かにこれからずっとこのマンションで彼と暮らしていくのであれば、ちゃんとしたベッドを準備した方がいい。

だけどそれは、家族への挨拶より優先するようなことではないと思うのだけど……。

そう話すと、拓也はクスクス笑って、軽く首を動かして自分たちが身を預けているベッドを確認する。その後で香苗の耳元に顔を寄せて、甘くかすれた声で囁く。

「このベッドじゃ危なっかしくて、あまり激しく愛し合えないだろ」

これまで拓也がひとりで使っていたベッドはセミダブルで、こうやってふたりで身を寄せ合って眠る分には狭いと思わないが、これから毎日一緒のベッドで眠るのならもっと広い方がいいということだ。

それに彼の言うとおり、夫婦として濃厚な愛を交わすには窮屈なのかもしれない。

とはいえ、まだまだそういったことが初心者な香苗としては反応に困る。

「えっと……はい」

真っ赤になっている顔を見られないよう、拓也の胸に顔をくっつけて香苗は恥ずかしさをこらえて返事する。

そんな香苗の初心な反応を拓也がクスクス笑う。

その柔らかな息遣いと、彼の鼓動の心地よさに甘えながら、香苗は深い眠りに落ちていった。

9・夫婦の未来に

翌週、香苗は拓也と共に都内のレストランを訪れていた。

目的は香苗の両親に、ふたりの結婚の意思を告げるためである。

九重総合医療センターの院長を務める香苗の父は多忙だが、香苗が結婚したい人を紹介したいと話したらスケジュールを調整して夫婦で会いにきてくれた。

当初は、香苗と拓也が挨拶に赴くつもりでいたのだけど、それだとふたりのシフトの都合で七月になってしまう。

これまで結婚など考えていないと、どんな良縁も突っぱねていた香苗が急に結婚すると言いだしたこともあり、香苗の母が父を急かしたのだという。

とはいえ、香苗はそのために千春にシフトを変わってもらう必要はあったのだが。

そうやって顔を合わせた香苗の父である九重哲司《てつじ》は、拓也の顔を見て最初はかなり驚いていた。

香苗は、今の拓也が医師であること、医療系の講座を介して偶然再会して改めて付き合うことになり、結婚の意思を固めたと両親に説明した。

おっとりとした性格である母の美乃利《みのり》に至っては、もとから親として娘に結婚してほしいと望んでいるだけなので、拓也が香苗をストーカーから守ろうとしてくれた話を聞くと、恋愛ドラマのあらすじでも聞いたかのように目を輝かせ、ふたりの結婚を後押ししてくれた。

ひと通りの香苗の話が終わると、拓也は背筋を伸ばし膝に手をのせて、香苗の両親を見た。

「高校時代、お父さんが私たちの交際を反対なさったのは、親として香苗さんの幸せを願ってのことと理解しております。あの頃の私たちの置かれている状況を考えれば当然のことと思います」

そこで一度言葉を切った拓也は、深く頭を下げた。そして哲司をまっすぐに見つめて続ける。

「だけどケガを克服し、社会人となった今、改めてプロポーズした私の思いに香苗さんが応えてくれた今、どうか私たちがこの先の人生を共に歩むことを許していただければと思います」

「拓也さん……」

高校時代、自分たちの交際を反対した哲司に不快感を示すことなく理解を示し、改めて自分たちの結婚を許してほしいと頭を下げる拓也の姿に香苗の胸が熱くなる。

美乃利も、拓也の真摯な姿に感じるものがあったのだろう。低い位置で、小さく拍手している。

だけど哲司は、美乃利ほど簡単にふたりの関係を認めるつもりはないらしく、険しい表情で拓也に問う。

「ウチの娘は九重総合医療センターのひとり娘だということを、矢崎君はどう考えている?」

「お父さん」

「あなた……」

香苗だけでなく美乃利も、不躾《ぶしつけ》に九重総合医療センターの今後を背負う覚悟があるのか確認する哲司の態度に抗議する。

でも拓也は、もっともな質問だと言いたげな表情で返す。

「両親は私が幼い頃に離婚し、女手ひとつで育ててくれた母も他の男性と再婚しています。だから私が自分の名字にこだわる必要はありませんので、私なんかでよければ、九重さんの名字を名乗らせていただければと思います」

「それは将来的には第一線を退き、病院経営を任せてかまわないという意味に受け取って問題ないのかな?」

「はい。そう思っていただいてかまいません。香苗さんが私を選んだこと、九重院長がそれを許したこと、そのどちらの判断も間違っていなかったと人生をかけて証明してみせます」

よどみなく話す拓也は、そこで一度言葉を切りまっすぐに哲司を見つめると、一礼して続ける。

「私はこれまでも、これからも『どうしたら香苗さんを幸せにできるか』を第一に考えて生きていくつもりです」

その言葉が決め手になったのだろう。哲司が姿勢を正し、「娘をよろしく頼む」と一礼した。

ふたりの関係を認められた拓也は、安堵の表情を浮かべて、再度深く頭を下げる。

その後は和やかな食事の時間が続いた。

美乃利は拓也を娘婿として歓待し、哲司は医師として、拓也と気になった論文に関する意見を交換し合い議論は白熱していた。

哲司は時折、九重総合医療センターの医療体制や、設備についても触れて、拓也に意見を求めた。

その回答は、香苗の父を満足させるものだったのだろう。

会話を重ねるにつれて、哲司が彼に対する態度を柔らかくしていくのがわかる。

本当なら、それは喜ぶべき状況なのだろうけど、香苗は和やかなそのやり取りに胸をざわつかせていた。


その日のうちに地元に戻るという両親を駅まで見送った帰り道、隣を歩く拓也の言葉に香苗は足を止めた。

「香苗、なにか俺に怒ってるのか？」

「まさかっ！」

彼に不満なんてなにひとつないのに、怒るはずがない。

それなのに拓也は、納得できないといった表情を浮かべている。

「だけど俺が香苗のお父さんと話している間、なんだか浮かない顔をしていただろ」

彼の言葉に、香苗は口をつぐみ視線をさまよわせた。

でもすぐに黙っていることで彼を不安にさせてしまうことに気づき、自分の思いを彼に伝える。

「私の家の都合で、拓也さんのこの先の人生がどんどん決まっていくことが申し訳なくて」

拓也は救命救急の第一線で働く立派な医師だ。

そんな彼が九重総合医療センターの後継者に名乗り出たことを、香苗の父は歓迎していた。香苗の母も、娘が好きな人と結婚できることを祝福してくれている。

香苗だって、両親の祝福を受けて愛する人と結婚できることをうれしく思う。

だけど、本当にそれだけでいいのだろうか……。

拓也がどれほどの情熱を持って、救命救急医としての職務にあたっているか理解しているつもりだ。

それなのに香苗の父は、香苗と結婚するのであれば、拓也がこれまでの生き方を変えるのが当然だと考えている。

その姿を目の当たりにして、今さらながらに、香苗と結婚することで彼の生き方を変えてしまってもいいのだろうかという疑問が胸に湧いた。

だからといって、胸に湧く不安をそのまま言葉にして、再び彼を失うのも怖い。

「拓也さんが、私のために私の家族と仲よくしようとしてくれているんだから、私も拓也さんのご家族にきちんとご挨拶をして、その上でこの先のことを決めていくべきじゃないかな？」

昔拓也が別れを受け入れたのは、香苗が彼と対等な関係を築くのに時間が必要だと思ったからだと話してくれた。

そして対等な関係を築いた上で、今度こそ香苗にプロポーズをしようと決めていたのだという。

拓也がそんなふうに思っていてくれたのであれば、香苗も同じだけのものを彼に返したい。

彼に生き方を変えさせ、自分ばかり家族に祝福されて結婚するようでは、対等な関係とは言えないと思う。

香苗がそう話しても、拓也は軽く肩をすくめるだけだ。

「俺の家族のことは気にしなくていい。前にも話したとおり、母の再婚相手とは相性が悪くて、高校卒業後は交流も途絶えている」

「でも……」

「母には結婚の報告をしておく」

拓也は浮かない顔をする香苗の肩に腕を回して、「そんなことより、俺の愛は返品不可だから覚悟しろよ」と陽気に言う。

◇◇◇

食事会翌週の水曜日、日勤だった香苗は、軽い足取りで拓也と暮らすマンションへの家路を歩いていた。

拓也の覚悟を聞いた哲司は、水守の件もあったためか、ストーカー対策で彼のマンションに身を寄せているのであれば、そのまま一緒に暮らし、ふたりのタイミングで婚姻届を出せばいいと言ってくれた。

そのためこれまで香苗がひとり暮らしをしていたマンションは正式に解約することとなり、今日の休みを利用して、拓也が香苗に代わって退去に必要な諸々の手続きや立ち会いをしてくれている。

それは拓也が水守を警戒しての判断だが、警察や拓也の働きかけが功を奏しているのか、その後彼は香苗の前に姿を見せていない。

そうやってふたりでの生活を整えていき、近く婚姻届を出そうと拓也は言ってくれている。

拓也の家族に対しては、彼が自分の母親にメールで、香苗と結婚することとそれにより名字が代わることは伝えたが返事はなかったそうだ。

拓也の話によると、大学進学に伴い家を出て以降、母親とはそんな距離感が常態化しているのだという。幼い頃に離婚した父親の方に至っては、連絡先も知らないそうだ。

本人は、それを気にしているふうもなく、報告も済ませたからすぐにでも婚姻届を出そうと言ってくれている。

香苗だって本音では早く彼と夫婦になりたいのだ。

彼の母親がそれでいいというのであれば、近く婚姻届を出すつもりでいる。

（やっと拓也さんと夫婦になれる）

その喜びを噛みしめながら歩いていた香苗は、マンションの前に人が立っていることに気づいた。

腰まで伸びた長い髪は綺麗なウエーブを描き、タイトスカートにドレープをたっぷり取ったデザインのブラウスは華やかで、スラリとした体によく似合っている。

（どこかのお宅のお客様かな？）

セキュリティの関係で、住人に解錠してもらわないと、来訪者はエントランスに入ることもできない。

営業や商談といった雰囲気ではないので、友人宅を訪ねてきたのだろうか。

なんにせよ自分には関係がない。軽く会釈をして女性の前を素通りしようとして香苗は、妙に引っかかるものがあって足を止めた。

女性は、服装だけでなくメイクも完璧といっていい華やかな雰囲気に満ちている。

年齢は自分とたいして変わらないと思うが、香苗の友達ではない。

それでいて、彼女の顔には見覚えがある。

(誰だっけ?)

記憶をあさる香苗が、女性が気の強そうなつり目をしていることに気づいたのと同じタイミングで相手が口を開く。

「あなた、九重香苗?」

ひどく尖ったその声を聞いて、香苗は目の前の女性が誰であるかを理解した。

「石倉彩子さん?」

前回彼女に会った時はお互い高校生だった。大人になり、かなり雰囲気が変わっていたのですぐには気づけなかったが、彼女は拓也の義理の妹である彩子だ。

香苗に名前を呼ばれ、彩子は心底嫌そうな顔をする。

「おばさんに拓也が結婚するって聞いたけど、その相手って、まさかあなたなの?」

どうやら彩子は、拓也の母から、拓也が結婚することだけを聞かされていて、その相手が香苗だとは知らなかったようだ。

拓也は家族との交流が途絶えていると言っていたし、高校生時代の一件があるので、彩子にあまりいい印象を抱いてはいない。

それでも一応は彼の身内である彩子に挨拶をしておきたい。

「はい。拓也さんと結婚させていただきます」

香苗が頭を下げると、彩子がヒステリックな声をあげる。

「彼の家族として、そんなの許さないから」

「そんな……」

あまりに一方的な物言いにすぐには言葉が出てこない。

彩子が香苗を睨む。

「あなた、一度は自分から拓也と別れたんでしょ。今さらなんなのよっ！」

感情をあらわにする彩子の形相に、彼女に〝疫病神〟と罵られたことを思い出すが、それは遠い過去の話だ。

高校生の香苗にとって、二歳年上の彩子は強大な存在に思え、彼女に言い返すこともできずに縮こまっていた。

だけど看護師として懸命に働く中で、香苗は成長したのだ。理不尽な彼女の物言いに届するつもりはない。

「彼が医師になったからよりを戻したの？　計算高い女っ！」

「違います。私も拓也さんも、お互いに相手を想いながら自分の信じる道を進んだ結果、再会を果たし、この先の人生を一緒に歩むことを決めただけです」

彼の職業がなんであるかなんて関係ない。

ただ一途に彼のことを愛し続けて、その結果、再会を果たした彼と永遠の愛を誓っただけなのだ。

毅然とした香苗の態度に、彩子が目をむく。

「なんて生意気なのっ！　そもそもあなたの影響がなければ、拓也は、医師なんてコスパが悪い仕事を選ばなかったのに」

「医師は尊い職業です」

吐き捨てるような彩子の言葉に、香苗がすかさず反論する。

医療に従事する者として、医師という職業を軽んじる発言を見過ごすことはできない。

「拓也さんが、ひとりでも多くの命を救うためにどれだけ必死なのか、彼の家族を名乗るのなら、それを考えてあげてください」

「私に意見しないで」

歯ぎしりする彩子が、香苗に右手を振り上げた。だけどその手を振り下ろすより先に、大きな手が彼女の手首を摑んだ。

ちょうど帰ってきた拓也が、彩子の手を摑み彼女を睨んでいる。

「どうして君がここにいる？　ここの住所を教えないよう、母にも言ってあるはずだ」

摑んでいた手を離す拓也が、彼女を睨む。

その声も眼差しも冷ややかなもので、義理とはいえ家族に向けられる親しみはない。

「拓也さんっ！」

香苗の声に、拓也は一気に表情を和ませ香苗の側へと回る。

「ただいま香苗」

さっきまでの冷たい表情がなんだったのかと思うほどの甘い笑みを浮かべて、香苗が手にしていた荷物を取り上げた。

「退去の手続きは済ませてきた。今日の夕飯はなに？」

他の存在など目に入らないといった感じで、拓也が優しく香苗に話しかける。その姿に、彩子が金切り声をあげた。

「そんな女と結婚しても、家族は誰も祝福しないわよっ！」

感情的な彩子の言葉が、背後で響く。

あまりの言葉に香苗が振り向くと、彩子と目が合った。

その瞳に拓也への恋慕と、香苗への激しい怒りの色が浮かんでいる。

「その女は、一度は拓也のことを捨てたんじゃないの？　それなのに拓也に言い寄るなんてどうかしているわ。……どうせ病院の跡取り娘として結婚に焦って、医師になった拓也に言い寄ったのよ」

地元が同じなので、彩子にも香苗の実家が九重総合医療センターであることはわかっている。

それだけの情報から、勝手なことを想像して、早口にまくし立てていく。

「違っ」

反論しかけた香苗の言葉にかぶせるように、拓也が「俺の人生に、君に口出しする権利はない」と、彩子に冷たく言い放つ。

拓也の冷たい物言いに、彩子が怯むと、拓也はエントランスのロックを解除し、香苗の肩を抱いて中に入ろうとした。

「拓也」

置き去りにされる彩子が、慌てて彼の名前を呼ぶ。

拓也が渋々といった様子で足を止めて振り返ると、彩子が憎々しげな口調で言う。

「あなたのお母さんは、拓也がこの人と結婚しても喜ばないわ。だって拓也が、その人のせいでひどいケガをしたって恨んでいるもの」

「っ！」

彩子のその言葉は、香苗の胸に突き刺さる。

拓也と散々話し合い、頭ではあれはどうしようもない事故だったのだと理解している。だけど、それでもなにかの拍子に、拭いきれない罪悪感が胸の奥でジクジクと痛むことがある。

彩子の言葉は、その完治しきらない心の傷を爪でかきむしったような痛みを与える。

もしかして、あの日、小百合が香苗にあんなことを言ったのは、拓也にケガをさせたことを恨んでいたからなのだろうか……。

つらい表情を見せる香苗をかばうように、拓也は彼女の肩に回す手に力を込めた。

「母は、あれは学校側の管理体制に問題があった事故だと理解している」

「本音は違うのよ。それに今からでも拓也にパパの仕事を手伝ってほしいって言ってるわ。パパだって拓也のこと気に入っているし……」

「母の口を借りて、自分の都合を俺に押しつけられても迷惑だと、何度も伝えているはずだ。迷惑だから二度と来ないでくれ」

キッパリした口調でそれだけを言うと、拓也は香苗の肩を抱いてエントランスを抜けた。

「ありがとう」

エレベーターボタンを押す拓也が言う。

「え？」

感情が沈み込んでいた香苗は、お礼の意味がわからず彼を見上げる。すると、拓也が優しく微笑む。

「医師は苦労も多いが、尊い職業。……俺の言いたいことを代弁してくれた」

拓也がどのタイミングから香苗と彩子の話を聞いていたのかは不明だけど、その部分は聞こえていたようだ。

「俺はこの仕事を誇りに思っている」

誇らしげに言いきる拓也に、香苗は「わかっています」と答える。

「私もそんな拓也さんを尊敬しているから、支えていきたいと思っています」

だからこそ、彼のために自分になにができるのだろうかと考えながら、香苗は拓也と共にエレベーターに乗り込んだ。

◇◇◇

部屋着に着替えてソファーに腰を下ろした拓也は、背もたれに体を預けて深くため息をついた。

そんな拓也の隣に、同じく着替えを済ませた香苗が腰を下ろした。

「お疲れさまです」

そう言って、香苗は拓也に手にしていた水の入ったグラスを差し出す。水はよく冷えているらしく、触れる指先でそれを感じる。

「ありがとう」

「せっかくのお休みなのに、私の用事を任せてしまってすみません」

「香苗の用事じゃない。俺たちの未来のための準備だ」

ひどく恐縮する香苗に、すかさず言い返す。それに、拓也の方が彼女に謝るべきなのだ。

「さっきは、嫌な思いをさせて悪かった」

拓也の言葉に、香苗は首を横に振る。

「そんなことないです」

そう話す香苗の表情は硬い。

「彼女の言葉は気にしなくていい。親子揃《そろ》って、自分の意見が一番正しいと信じて、それをこちらに押しつけてくる。特に彼女は、職場や昔住んでいたマンションに押しかけて、母の伝言と称して何度自分の都合を俺に押しつけてきたことがあるくらいだ」

重い息を吐き、拓也は学生時代に、母に預けてあったアパートの合鍵を使って勝手に部屋に入られたことなどを話した。

そのため、ひと晩ネットカフェで過ごす羽目になったと拓也が話すと、香苗が声をあげた。

「え？」

「どうかしたか？」

「えっと……。前に依田先生から、学生時代に拓也さんの部屋に泊まりに行って、拓也さんの服を着た女性に遭遇したって聞かされて……だから、拓也さんには、私が別れた後に新しい恋人ができたんだって思っていたんです」

一途に香苗だけを思ってきたと聞かされた後も、ずっとそのことが気になっていたのだと香苗が言う。

「そんなことが……」

今さら聞かされる話に、拓也の方が驚かされる。

隆司にそのことを聞かされた記憶はないが、その時期やけにニヤニヤされたのを思い出す。

思いあたる相手は他にいないし、間違いなく彩子のことだろう。

どこまでも非常識な彩子の振る舞いには、つくづくあきれるしかない。

「それを聞いていたから、香苗は、俺に他に恋人ができたと思っていたのか?」

「はい」

拓也の質問に、香苗がばつが悪そうに頷く。

「バカだな。そんなことあるはずないのに」

こんなに香苗を愛おしく想っているのに、他の女性に心が動くはずがない。

あらぬ誤解が解けたことに安堵しつつ、拓也は話を戻す。

「とにかく、そういう非常識な人間だから、母には絶対に彼女に俺の住所を教えるなと言ってあったんだが。……強引な彼女に押しきられたようだ」

面倒なことになったと、拓也は大きく息を吐く。

高校時代、母の再婚から大学進学までの一時期を彼女と同じ屋根の下で暮らした。

その時、彩子に告白めいたことを言われたことがある。ちょうど香苗と別れた直後で、心の隙を突くような告白だったが、香苗以外の女性に興味のない拓也が相手にするはずがない。

それに拓也は、彩子が自分ひとりに誠実な恋愛感情を抱いているわけではないことを知っている。

自分が気に入った男性を見つけてはアプローチをかけ、常に複数の男性との恋愛を同時進行で進めていた。

まるでコレクションを集めるように、複数の男性と関係を持つ彼女に執着されても迷惑なだけだ。

拓也に言わせれば、そんなの愛情でもなんでもない。

そうやって突き放し、病院にも彩子には自分の情報を漏らさないよう頼んであるので最近は姿を見せなくなっていたのだが、拓也が結婚すると知ったことで、一度はおさまった執着心を再燃させたのだろう。

なんにせよ、自分には関係ない話だ。

「俺の家族の言うことは気にしなくていいから。この先も懲りずに俺たちに干渉してくるのであれば、母と親子の縁を切ってもかまわない。ちょうどいいから、もっと香苗の通勤が楽な場所に引っ越してもいい」

その発言に香苗は目を丸くするが、拓也は本気だ。

これまでは、一応母親には自分の住所を伝えてきた。

でもそのせいで香苗に不快な思いをさせるのであれば、親子の縁を切ってもかまわない。

香苗より大事にしたいものはなにもないのだからと胸を張るが、彼女の表情は晴れないままだ。

「拓也さんは、本当にそれでいいんですか？」

「なにが？」

聞き返す拓也の言葉に、香苗は視線を落として黙り込む。

拓也はグラスをテーブルに置き、香苗の頰に手を添えて彼女の視線を上向かせる。

そのまま、まっすぐに瞳を見つめて言葉を待つ。

すると観念したように、香苗は自分の胸の内を言葉にする。

「拓也さんは、私の家の都合に合わせて生き方を変えようとしてくれているのに、私ばかりなにも失わず、拓也さんに守られて生きていくのは嫌です」

キッパリとした香苗の言葉に、拓也が黙る。

香苗はソファーに膝をつき、拓也の前髪に手を伸ばす。

そして拓也の前髪をかき上げて、彼の額の傷を撫でて言う。

「もう二度と、一方的に守られているという罪悪感に負けて大事なものを見失いたくないんです。拓也さんと離れていた時間を無駄にさせないでください」

そう話す声は柔らかなものなのに、揺るぎない強さを感じさせる。

拓也としては、やっと再会することのできた香苗とこの先の人生を共にできるのであれば、それ以上に望むものはないというのに。

それでいて、自分をいたわってくれる彼女の言葉に胸が熱くなる。

「会えない時間に、たくましくなったんだな」

しみじみとした拓也の言葉に、香苗は表情を和ませる。

「強くならないと、看護師は務まりませんから」

「確かにそうだ」

「そしてその強さは、拓也さんを支えるためにあるんです」

胸を張る香苗の言葉に、拓也は自分の気持ちがほぐれていくのを感じた。

愛する人の幸せを願うのは、人間の自然な感情なのだ。

だから拓也はこれまで、香苗の幸せを願い行動してきた。だがこうやって彼女の優しさに触れて、愛する人に愛される喜びを知る。

拓也が、愛している香苗には頼られる存在でありたいと思うのと同じように、香苗も自分に頼ってほしいと思っているのだ。

それが香苗の願いであるのなら、自分ひとりでなにもかもを背負い込むことなく、彼女の強さを信じたい。

「ありがとう」

拓也は自分の傷を撫でる香苗の手に、自分の手を重ねた。

そのままその手を自分の口元に引き寄せて、手のひらに口づけをする。

「拓也さんのお母さんのためにも、拓也さんのご家族に私たちの関係を認めてもらう努力を一緒にさせてください」

「ありがとう」

「こちらこそ、ありがとうございます」

お礼の言葉にお礼を返され、拓也ははにかむ。

目の前にいる女性が、守るべき少女ではなく、自分と肩を並べて人生を共に歩んでくれる対等な存在であることを今さらながらに実感した。

◇◇◇

翌日、日勤の仕事を終えた香苗は、一階に下りるためのエレベーターを待つタイミングで、仲よしの千春に小さな紙袋を差し出した。

「この前は、勤務を交代してくれてありがとう」

お礼の言葉とともに差し出したのは、香苗の地元で有名な洋菓子店のものだ。

急なシフトの交代を快く引き受けてくれた千春になにかお礼がしたくて、母に頼んで送ってもらった物である。

「えぇ。困ったときはお互いさまなんだから、そんなのいいのに」

そうやって恐縮しつつも、甘い物好きの千春はほくほく顔で袋を受け取る。

「実家のご両親に、イケメンダーリンを紹介したんでしょ」

興味津々といった感じで紙袋の中を覗きながら千春が言う。

「イケメンダーリンて……」

確かにそのとおりなのだけど、その言い方は恥ずかしい。

「相手の人、前にエレベーターのところで会った依田先生のお客さまなんでしょ?」

シフトの交代を頼む際、千春には拓也とのことを正直に話した。

人の顔を覚えるのが得意な千春は、チラリと見ただけの拓也の顔をしっかり記憶していて、彼のことを『イケメンダーリン』と呼ぶ。

それはかなり恥ずかしいのだけど、否定するのも拓也に失礼な気がしてそのままにしている。

「最初に見かけた時から、怪しいなと思っていたんだよね」

千春は、そんな後付けの自慢話をする。

香苗がそんな調子のいい態度にクスクス笑っていると、千春が言う。

「イケメンダーリンのおかげで、赤塚先生もおとなしくなったし、よかったよね」

「うん」

香苗は気恥ずかしさを感じつつ、左手の薬指に視線を落とす。

指輪をしていることもあり、最近では香苗が結婚することは周知の事実となっているため、赤塚以外の医師からも、変に迫られることはなくなった。

そういう意味でも、自分ばかり拓也に守られているので、うれしい反面、少しだけ申し訳なくなる。

10・救命の場でできること

七月の第二日曜。

香苗は拓也とふたり、都内の中華料理店を訪れていた。

目的は拓也の母親である小百合と、その再婚相手である宏に、結婚の挨拶をするためである。

彩子の襲来を受けた後、香苗は拓也と話し合い、彼の家族と言える人たちに結婚挨拶をすることに決めた。

もちろんそれで反対されても、結婚を取りやめるつもりはない。

拓也と話し合って、八月にふたりの休みを調整して帰郷して香苗の実家に再度挨拶した上で婚姻届を出すと決めている。

それでも香苗は、拓也のために家族の理解を得たいと思う。

そしてそんな香苗の気持ちをくみ取った上で、拓也は、それならいい機会なので、今の自分の家族がなにを思っているのか知っておきたいと話した。

大学進学以降交流がほぼ途絶えていたので、小百合や宏が、医師になった拓也のことをどう思っているのかわからない部分も多いのだとか。

宏と友好的な関係を築くことなく家を出た拓也としては、自分と母が連絡を取り合うことで夫婦仲を悪くしてはいけないという思いから連絡を控えていたと言う。

それは拓也なりの気遣いだったのだけど、そうすることで彩子が小百合の代弁者を名乗りあれこれ口を挟むのであれば、一度本人たちときちんと話し合い、今の考えを知りたいと思うようになったと話す。

彼がそう考えるようになったのは、香苗が『自分たちがお互いを思いやるあまり、長いすれ違いをした』と話した影響が大きい。

拓也が覚悟を決めて連絡して見ると、小百合はすぐに快諾してくれた上に、自分が説得して宏を同席させることも約束してくれた。

拓也の言葉を借りるのであれば、母の再婚相手である宏は『自分の考えに絶対的な自信を持っている人』なのだと言う。

それでも完全なる暴君というわけではなく、小百合がどうしてもと頼み込めば耳を傾けてくれることもあるそうだ。

そして彼なりに、拓也のその後は気になっていたのか、小百合の説得を受けて今回の食事会に同席してくれることになった。

「はじめまして、九重香苗と申します」

拓也と共に先に来店し、レストランの個室で石倉夫妻の到着を待っていた香苗は、まずは宏に頭を下げた。

そして次に、隣の小百合には「お久しぶりです」と挨拶をする。

それに対して宏は渋面で頷くだけで、言葉はない。小百合も香苗から視線を落として曖昧な頷きを返すだけだった。

(やっぱり、私と拓也さんの結婚に反対なんだよね)

祝福されないと理解していたつもりでも、ふたりの対応に落胆してしまう。

それでも拓也の前で落ち込むわけにはいかないと、香苗は明るい表情でふたりに向き合う。

「久しぶりの長距離移動で、肩が痛くて仕方ない」

宏は仏頂面で唸り、右手で左肩や腕、胸といったあたりをさすった。

どうやら動かすのも億劫らしく、会った時から極力左腕を動かさないようにしている。

「ごめんなさい。私がワガママを言ったものだから」

そう謝るのは、小百合だ。

本来なら香苗たちが挨拶に赴くべきところ、小百合が外観だけでもいいから拓也が勤務する病院を見てみたいと希望したため、石倉夫妻が東京に出向き、ふじき総合病院への交通アクセスがよい最寄り駅のレストランを会食の場に選ぶこととなった。

「まあ、お前の母親は、妻としてよくやってくれているから」

そう話して、宏が咳払いをひとつする。今日のことは、そのお礼だとでも言いたいらしい。

拓也が言っていたように、宏は気難しい人ではありそうだが、完全な暴君ということでもないのだろう。

そして料理の注文を済ませると、ポツリポツリではあるが、拓也の言葉に返事を返すような形で話をしてくれた。

そして拓也が香苗と結婚して、九重家の婿養子になることを話したところ、宏の回答は「好きにしろ」とのことだった。

「元からお前は私と養子縁組しているわけではないし、なんの遠慮もいらん」

投げ捨てるように言う宏は、香苗へと視線を向け「私の跡を継いだ方がよっぽど金になるのに、医師になるメリットがわからん」と吐き捨てる。

香苗の家が九重総合医療センターであることは承知した上での発言だ。

どこまでも医師という職業に理解を示さない宏ではあるが、拓也が自力で医大を卒業して医師になった今、その生き方をとがめるつもりはないようだ。

小百合の方も、宏の物言いに申し訳なさそうな顔をするだけで、ふたりの結婚や、拓也の仕事についてなにか言う気配はない。

つまり彩子が言っていたことは、拓也の予想どおり、彼女のひとりよがりな思い込みによる意見にすぎないようだ。

ちなみに今日の会食は、彩子には秘密にしておくよう拓也が強く言い、先日の襲来を知った小百合はその約束を守ってくれた。

おかげで彼女に邪魔をされることなく、こうやって話ができている。

(反対されていないってわかっただけでもよかった)

宏の反応は、もちろん友好的とは言えない。

それでも決定的な決裂をするようなものでなければ、これから時間をかけて関係を改善できるのではないかと思える。

それなら拓也が香苗のために自分の家族と決別しなくていい。それがわかっただけでも満足だと、香苗は安堵した。

そして料理が運ばれてきた段になって、宏がポケットから取り出した薬を飲んだ。

「どこかお悪いのですか？」

「アンタに関係ない」

思わず質問する香苗に、宏がピシャリと返す。

そして「たいしたことないのに、医者はあれこれ病名をつけて金を取るからかなわん」といったことを言う。

そして舌打ちをして頬をさする。

（もしかして医者嫌いなのかな？）

もちろんそれが感情のすべてではないのだろうけど、彼が拓也や香苗にトゲのある態度を取る理由の一端には、そういった感情があるのかもしれない。

それでも医師から処方される薬を飲むということは、なんらかの自覚症状があってのことだ。

改めて宏の姿を確認すると、なかなかに恰幅がいい。

会社経営をしているということなので、会食などの機会も多いのだろうか。

だとしたら、年齢から考えても、糖尿病や高血圧の薬を飲んでいても不思議はない。

そしてそんな彼が、繰り返し顎や左腕の周辺を撫でる姿に嫌なものを覚える。

それは拓也も同じだったのだろう、香苗がチラリと視線を送ると小さく頷いた。

「お義父さん、その痛みはいつからですか？」

「二、三日になるかな」

顎を押さえて痛みをやり過ごす宏の姿に、拓也が腰を浮かせた。

「明日にでも一度循環器内科を受診された方がいいかと」

「痛むと言っても、常にというわけじゃないから問題ない」

「絶対に病院に行ってください」

思わずといった感じで拓也が強く言うと、宏の顔に怒りの色が浮かぶ。

「なにを？」

宏が拓也をギロリと睨んで続ける。

「お前は久しぶりに会うなり、私に命令する気か？　医者というのは、そんなに偉い商売か？　なんやかんやと薬を出すが、治るどころか、最近前より体調が悪くなるばかりだ」

「あなた……」

ケンカ腰で話す宏を小百合が取りなそうとしたが、それがよけいに癇に障ったようだ。

「言っとくが医者なんて商売より、私の方が稼ぎは何倍も上だぞ」

宏がテーブルに手を突いて立ち上がる。

「不愉快だ」

荒々しい口調で吐き捨て、そのままの勢いで部屋を出ていこうとする。

だが次の瞬間、左胸のあたりを押さえてその場に膝から崩れ落ちた。

「お義父さん」

拓也が慌てて宏に駆け寄る。

「あなたっ！」

小百合が悲壮な声をあげて立ち上がった。

でも驚きのあまり身がすくんでいるのだろう。口元を手で隠して、その場でただオロオロしている。

香苗は彼女に寄り添い、緊張で震えている小百合の手を優しく包み込んだ。

その間に、拓也は床に倒れる宏の頭をわずかに持ち上げ、片手で宏の手首を摑み、自分の顔を近づける。

「石倉宏さん、私の声が聞こえますか？」

拓也は、声をかけて相手の意識レベルを探り、視線は胸や腹部の上がり下がりで呼吸の有無を確認し、触れる手首から体温と脈拍を知る。

宏の呼び方が、『お義父さん』から『石倉宏さん』に切り替わっている。拓也の思考は、医師に切り替わっているのだろう。

「香苗、AED、救急に電話」

宏の衣服を緩め、指先を強く押さえて血の戻りを確かめながら拓也が言う。

「はい」

同じく思考が看護師としての自分に切り替わるのを感じながら、香苗は倒れた拍子に床に転がった宏のスマホを手にする。

緊急電話をかける際、持ち主の認証はいらないので、自分のスマホをカバンから出すよりその方が早いという判断からだ。

電話はすぐにつながり、先方から落ち着いた男性の声で「火事ですか？　救急ですか？」と問いかけられる。

「救急です」

そう答えた香苗は、店の所在地を告げると、スマホをスピーカーに切り替え拓也の傍らに置く。

「六十代男性、胸部に強い痛みを訴えた後意識混濁、微かな拍動ありますが心筋梗塞の疑いあり」

端的に状況説明をしながら宏の衣服を緩めていく拓也にその場を任せて、香苗は個室を出てスタッフに声をかける。

そしてただならぬ雰囲気を察した店のスタッフに、事情を説明し、店の外に出て救急車が駆けつけた際の速やかな誘導を頼み、ＡＥＤのありかを尋ねた。

ＡＥＤを抱えたスタッフと共に個室に戻ると、拓也は宏の体を横向け、首の角度を調整して気道確保をしているところだった。

床には彼の吐瀉物《としゃぶつ》がある。

小百合は蒼白になってナプキンや持っていたティッシュでその片付けをしようとしていたが、香苗はそれを止めて吐瀉物の内容を確認する。

「旦那さんに食品アレルギーはありますか？」

おそらく拓也の見立てで合っていると思うが、現状考えられる状況はすべて確認しておく必要がある。

香苗の質問に小百合は黙って首を横に振る。

その背後では、拓也がスタッフにとりあえず脈が触れているので今すぐＡＥＤは使わないがそのまま置いておいてほしいと話す声が聞こえた。

彼の心臓が動いていることに安堵しつつ、香苗はそのまま、宏の朝食の内容と同じものを小百合も食べているかを確認する。朝のメニューに特段珍しい食材は使用されていないし、同じ物を食べた小百合が元気にしている様子を見るに食中毒の可能性は低い。

次に拓也が、宏の既往歴や飲酒喫煙の有無を確認していく。

その質問に小百合は、宏には糖尿病と高血圧がありそれらの薬を服用していること、喫煙の習慣はないが、医師に止められても飲酒癖が抜けないことを告げた。

そうやって長いのか短いのかよくわからない時間を過ごし、救急隊員が駆けつけると、隊員のひとりが、拓也の顔を見て「あれ？」という顔をした。

「矢崎先生のお知り合いですか？」

「そうだ。とりあえずふじき総合病院に受け入れ可能か確認してくれ。可能なら、心電図と胸部レントゲンのオーダー、循環器医師へのコンサルトとカテ室確保も合わせて伝えてくれ」

場所がふじき総合病院に近いため、救急隊員の中に拓也の顔見知りがいたらしい。距離的にもそれが妥当だと答えながら、救急隊員は他の隊員と息を合わせて宏をストレッチャーに乗せる。

そして家族の付き添いを求められると、拓也は香苗に後を任せて救急車に乗り込んだ。

「すみません。少しお願いしてもいいですか？」

ストレッチャーに付き添い店の外まで出ていた香苗は、自分と一緒に救急車を見送っていた小百合になるべく優しい声で話しかける。

その声に、小百合は我に返ったように瞬きをくり返す。

突然目の前で自分の夫が倒れたのだから、冷静でいられないのはわかるが、残された彼女にまだやってほしいことがある。

「旦那さんのお薬手帳、ご自宅にあると言いましたよね。もし彩子さんが自宅にいるのなら、処方内容の写真を撮って拓也さんに転送してもらってください」

先ほどお薬手帳の有無を確認され、彼女は自宅に置いてきたと話し、すでに服用した後の食前薬の空袋だけを隊員に預けた。

だが集められる情報は、ひとつでも多い方がいい。

「あの人、死んだりしないわよね？」

オロオロしながら小百合が聞く。

その問いかけに、香苗は力強く頷いた。

「拓也さんがいてくれたおかげで、プレホス……病院前診察は、これ以上ないくらい完璧です。だから安心して、今はご協力をお願いします」

香苗だって看護師だ。患者の家族に死なないかと問われて、安易な返事をしてはいけないことはわかっている。

だけど今は、小百合を安心させることを優先してあげたかった。

それに拓也がいてくれるのだから大丈夫だと、香苗自身も信じたい。

香苗の言葉に気持ちを落ち着けた小百合がスマホを操作するのを確認して、香苗が店内に引き返した。

心配するスタッフにお礼を伝えて、自分はまだ残るが、手術に家族の同意書が必要になるので小百合は先にタクシーで病院に向かわせることを告げた。

香苗は、なんとか冷静にやるべきことはやれたことに胸を撫で下ろす。

あの時の後悔を胸に、看護師として奮闘してきた日々が今の自分をつくっている。

それを誇りに思うのと同時に、救命救急医として動く拓也の姿を垣間見たことで、改めて彼の仕事の重要性を理解した。

ふじき総合病院に搬送された宏は、検査の結果、見立てどおり心筋梗塞という診断がなされ、そのままオペとなる。

救急車に同乗した拓也は、循環器医師の対応が難しいためそのまま彼のオペに回った。

その間、香苗は小百合に付き添い、家族のための控え室でまんじりともしない時間を過ごしていた。

それぞれの家族への配慮としてなのか感染症対策のためか、控え室は、パーテーションで仕切られた場所に小さなテーブルと数組の椅子が置かれている。

「香苗さん、ごめんなさい」

四人掛けのテーブルに向かい合って座っている小百合が、不意に香苗に頭を下げた。

突然の謝罪に驚きつつ、香苗は言う。

「気にしないでください。逆に拓也さんが一緒の時でよかったです」

挨拶の席を混乱させたことを詫びているのだろうと思い、心筋梗塞は時間との勝負であることを小百合に説明した。

発症から再び血液が流れるようになるまでの時間は、百二十分以内が推奨されている。

そのため今回のように、手術の準備をしている間に家族から同意書にサインをもらい、カテ室ことカテーテル室を押さえられたこともラッキーだった。

一般清潔区域より高い清浄度が求められる、準清潔区域に指定されているカテーテル室では、カテーテルと呼ばれる細い管を血管に通し、内部から治療をおこなうことができる。

カテーテル手術は、外科治療と違い切開手術をおこなわないため術後の回復も早い。だから安心してほしいと話す香苗に、小百合は首を横に振る。

「そうじゃなくて、十年前、あなたにひどい嘘をついてしまったの」

「ああ……」

そのことかと、香苗は息をはく。

拓也に再会し、彼の思いを知っていく中で、そんな気はしていたのだ。

香苗自身、機会があればそのことに関して小百合に真相を確かめたいとは思っていた。

「彩子さんに、嘘をつくように頼まれたんですね……」

香苗の質問に、小百合は「ごめんなさい」と謝ることで肯定する。

その答えに、香苗としても〝やっぱり〟という気持ちしかない。

あの頃は拓也がケガのせいで陸上を断念したという彩子の話が事実だったこともあり、大人である小百合が自分にあんな嘘をつくなんて思っていなかったのだ。

だけど大人になり、気性の激しい彩子の義母になった小百合の気苦労といったことに思いが至るようになって察することができるようになった。

「今さら謝って済むような話ではないけど、本当にごめんなさい。拓也には、私からあの時の事実を話すわ」

小百合の嘘が原因で香苗と拓也が別れたことに対する罪悪感が拭えず、拓也にもろくに連絡を返せずにいたのだと話した。

拓也からは、小百合は再婚相手を気遣って、あまり連絡をしてこないと聞いていたが、そこにはそんな事情も隠れていたそうだ。

心底申し訳なさそうに話す小百合に、香苗はその必要はないと告げる。

「もう済んだことですから。それにこうやって拓也さんと再会できた今、あれは私たちに必要な時間だったと思っています」

もちろんそれは、拓也と再会し、結ばれることができたからこそ言えることなのだけど。

もし香苗が彩子の嘘に踊らされることなく、拓也とそのまま結婚していたのなら、それは物語のような幸せな展開だったのかもしれない。

だけどその人生を歩んでいたときの自分は、今ほど強くはないだろう。

拓也に甘えて守られて、彼を支える強さを身につけることはできなかったかもしれない。

だから自分たちの別れは、これからのふたりのために必要なものだったのだ。

そしてこうやって奇跡的な再会を果たせた自分たちは、運命の赤い糸で結ばれていたのではないかと思う。

「拓也さんは、あの時、私たちが話したことは知りません。今さら知る必要のない話ですし……。あの日のことは忘れて、拓也さんと仲よくしてください。それがなによりですから」

自分の母親がそんな嘘をついたなんてこと、今さら拓也が知る必要はない。

香苗のその言葉に、小百合は深く頭を下げた。

その時、パーテーションの向こう側から、青いスクラブ姿の若い男性が顔を出した。

「石倉宏さんのご家族様ですよね？」

「はい」

香苗と変わらない年齢に見える彼の言葉に、小百合は不安げな表情で腰を浮かせた。

「研修医の佐々木といいます。手術は無事に終わりました」

その言葉に、小百合が安堵の息を吐く。

「このまま数日間は集中治療室で過ごしていただき……」

案内をしながら、佐々木は宏の病状や今後についての説明をしてくれた。

数日前から体調の違和感を覚えていた宏は、やはり緩やかに病状が進んでおり、かなり危ない状態になっていたのだという。

だけど拓也の適切な処置のおかげで一命を取り留め、麻酔が切れれば普通に会話をすることもできるとのことだ。

佐々木の話を聞いて小百合は目元の涙を拭う。

「矢崎先生のオペは、教材にしたいぐらい見事なものでした。判断力もあり、オペ技術も確かで、先生が救命救急の現場にいてくださることでどれだけの人が命を救われたことか。研修医の僕が言うのはおこがましいかもしれませんが、いつか矢崎先生のような医師になりたいと思っています」

佐々木はそんなことを話しながら歩く。

それはもちろん小百合を気遣ってのことなのだろうけど、声に込められる熱量で、拓也を心から尊敬していることが伝わってくる。

(あたり前のことだけど拓也さんは、救命救急の現場に欠かせない存在なんだよね)

ふたりから一歩下がって歩く香苗は、今さらながらにその事実を噛みしめる。

そして集中治療室に着くと、香苗は、自分は廊下で待たせてもらうと伝えて小百合を見送った。

（とりあえず、ホテルの下調べだけでもしておこう）

先ほど手術を待つ間に、小百合は、今日はこのまま都内に泊まりたいと話していた。香苗としては拓也と暮らすマンションに泊まってもらってもかまわないのだけど、ふたりとも不規則な暮らしをしているので、小百合が落ち着かないだろう。

そう思い、病院に近く、アメニティが充実してくつろげそうなホテルを検索していると、自分の前に人が立つ気配がした。

「拓也さん」

見ると先ほどの佐々木と同じ青いスクラブ姿の拓也が立っていた。

初めて見る医師としての彼の姿に、つい見惚れてしまう。

眩しいものを見るような香苗の視線が照れくさかったのか、拓也は手櫛で髪を整えてはにかみ笑いを浮かべる。

「今日はありがとう。香苗がいてくれて助かった」

表情を真面目なものに切り替えて拓也が言う。

「私はなにもしていません」

宏が一命を取り留めたのは、拓也の冷静な判断と処置のおかげだ。

以前から体調に違和感を覚えていたのに、医者嫌いの宏は受診を先延ばしにし、結果突然重篤な状態に陥った。

一般的な治療であれば、まず外来受診で鑑別診断をおこない、体勢を整えた上で治療へと移行することができる。

だけど救命救急の場合はそうはいかない。鑑別をしながら、もしくはその前から治療に入る必要がある。

その対応がスムーズにできたのは、拓也がいてくれたおかげだ。

香苗がその思いを伝えると、拓也は首を横に振る。

「俺ひとりじゃ対応しきれなかった。支えてくれる香苗がいてくれたから、義父の処置に専念できた。それに香苗のお父さんのおかげで、あの人の情報を手術前に知ることができた」

「それも父のおかげであって、私の実力じゃないです」

先ほど香苗は、搬送される宏を見送った後で小百合に、彩子に連絡を取って彼のお薬手帳の情報を送ってもらうよう頼んだ。

だけど普段から、自分が用のあるとき以外は小百合の連絡を無視する彩子には電話がつながらなかった。

宏が通っている病院は個人経営のいわゆる町医者で、日曜日の今日、本来なら連絡の取りようもない。

それで香苗が自分の父親に連絡を取って、その旨を伝えてみた。するとと思ったとおり香苗の父は、宏のホームドクターの個人的な連絡先を知っており、折り返しの連絡をするように伝えてくれたのだ。

結果、小百合の許可を取った上で、宏の病状についての情報を手術前にふじき総合病院も共有することができた。

「だとしても、香苗のおかげだ。そのおかげで、俺は母につらい思いをさせなくて済んだし、俺自身後悔せずにすむ」

そんなことを話していると、遠くで拓也を呼ぶ声が聞こえた。

見ると看護師が彼に合図する。

どうやら新たな救急の受け入れをしたいらしい。

緊急事態のためにオペに入った彼に、このまま助けてもらいたいようだ。

「行ってください。お義母さんのお世話は、私に任せて」

自分たちのマンションでは小百合が落ち着かないと思うのでホテルを予約するつも

りでいることだけ伝えて、香苗は拓也の背中を押す。

「たくさんの人が、拓也さんの助けを待っています」

「ありがとう」

ひと言お礼を言って拓也は駆けていく。

その背中を見送る香苗は、拓也はこの場に欠かせない存在なのだと改めて実感した。

11・決別の覚悟

救急搬送から三日後、宏は一般病棟に移された。

その日が夜勤の香苗は、拓也の許可を取って、出勤前に宏を見舞うことにした。

「迷惑かけた」

病室に顔を見せた香苗に、ベッドの上で上半身を起こす宏が言う。

拓也は勤務中だし、夫の様態が安定したため小百合は一度地元に戻っている。そのため、病室には香苗と宏のふたりしかいない。

「いえ。ご無事でよかったです」

そう答えて、香苗は必要になるかもしれないと思って買い足してきた下着と、暇つぶしになりそうな本をベッドテーブルに置く。

「見舞いは花や果物が定番なんじゃないのか？」

香苗が持ってきた品々を確認して宏が言う。

「感染症リスクを考えて、今はお見舞いのお花は控えていただいているんです。石倉さんの病状では、食べられるものにも制限がありますから」

香苗はふじき総合病院に務めているわけではないが、花に関しては、最近はどこの病院でも同じ対応を取っているはず。果物に関しても、今の彼に食べられるものは少なく、家族に持ち帰ってもらうにしても家が遠いので小百合の負担になる。

香苗の説明に宏が「決まり事をどんどん変えて付き合いきれん」と、息を吐く。

その物言いは相変わらずぶっきらぼうでケンカ腰な感じがするが、先日、受診を勧めた拓也を叱りつけた時のような険はない。

「あんたは医者の娘だな」

渋面の宏が、ベッドテーブルに置かれた本をパラパラめくりながら言う。

「はい」

立ったままの姿勢で香苗は返事をした。

その答えに、宏はまた深く息を吐く。

「自分の親を偉いと思うか？」

「医師としては尊敬しています。親としては、いつまでも私を子供扱いしてくることに、少し不満を感じています」

質問の意図がわからないまま、香苗が正直な気持ちを言葉にする。

仕事が忙しい分、子供時代の父との思い出は少なく、お互い距離の取り方がわからないところがある。そのせいで我が子の成長に気づかないのか、香苗が大人になった今もあれこれ過保護と思えるような口出しをしてくるので困る。

香苗の話に、宏は微かに笑う。

「私の父親は、酒飲みでろくに働かず家はずっと貧しかった。母が身を粉にして働いてくれたおかげで、どうにか高校だけは出られたが、とても大学に進みたいなんて言い出せなかった」

宏がポツリと呟いた。

そして遠くに視線を向けて、独り言のように続ける。

「同じ学校で、私より成績の悪い医者の息子が私学の大学に進むことが、どれだけ悔しかったか」

宏はベッドのシーツを強く握りしめて言う。

「だからがむしゃらに働いて、金を貯めて起業して事業を成功させた。〝大学なんて行かなくて結構〟〝医者なんかより金持ちになってやる〟そう思ってここまできたんだ」

宏は、苦いものを吐き出すような口調のまま、そうやって会社を大きくしている間に彼の両親は相次いで病気で亡くなったことを打ち明けた。

宏としては、両親が病死したのは医師の見落としがあったのではないかと考えているそうだ。そのせいで、病院と随分もめたのだとか。

彼の医者嫌いの理由は、そこにあるのかもしれない。

「ろくに人を救えないんだ、医者なんて、運よく恵まれた家に生まれた人間が、たいした志も持たずになる商売だと割りきっていた。それなのに、アイツは……立派な志を持って、経済的支援もなく実力で医者になり、しまいには邪険にしていた私の命を救った」

彼の言う〝アイツ〟とは、もちろん拓也のことだ。

宏はそのまま、自分が金で苦労した分、家族には楽をさせてやったつもりなのに、最初の妻が寂しさを理由に浮気して、あげく娘の彩子を残して出ていってしまったことなどを漏らした。

「大学進学をあきらめたのは、自分の覚悟が足りなかっただけなのに。私は、なにに腹を立てていたんだろうな」

宏は遠くを見てポツリと言う。

経済的事情から進学を断念した彼の目には、苦境に立たされても迷いなく信念を貫く拓也は眩しすぎる存在に映ったのかもしれない。

もしくは自分にはできなかった事を成し遂げる拓也が、腹立たしかったのか。

「今と昔では、奨学金支援制度が違いますから。それに私の父は病院経営をしているのでわかりますが、会社を継続させるというのは並大抵の苦労じゃありません。それこそ医師になるより大変だったのではないですか?」

なんの慰めにもならないのは承知で、香苗は声をかける。

香苗の言葉に、宏の表情が和む。

「そう思うことにしておくよ」

宏の言葉に微笑んで、香苗は時間を確認した。

移動時間も考えると、そろそろ遠鐘病院に向かった方がいい。

「今日はもう失礼しますが、なにか必要な物があれば連絡ください」

そう言って香苗が帰り支度をしていると、ふたりのスーツ姿の男性が入ってきた。

大きなフルーツのカゴ盛りを持っているので、宏の見舞い客のようだ。

「娘さんですか?」

すれ違いざまに会釈をして病室を出ていく香苗の背後で、男性のどちらかが質問するのが聞こえた。

「息子の嫁だ」

ぶっきらぼうな宏の声をうれしく思いながら、香苗は仕事に向かった。

◇◇◇

「矢崎先生、先日は大変だったんだってな」

慌ただしく続いた救急搬送がひと息ついたタイミングで、拓也は、一緒に勤務していた医師の金沢に声をかけられた。

香苗との結婚報告をするために設けた食事会の席で、義父である宏が倒れ、そのまま救急搬送されてから五日が過ぎたところだ。

自覚症状があったにもかかわらず数日間放置していた上に、持病もありかなり心配したが、その後は様態も安定して無事に一般病棟に移すことができた。

その後を引き継いでもらった循環器科の医師の話によれば、持病もあるので安全を期すために少し長目の入院期間を取っているが、その後は今までどおりの生活に戻れるだろうとのことだ。

今後の食事や生活習慣の改善点に関しての指導は、小百合が真面目に取り組んでいる。

　これまでは、小百合がどれだけ心配しても耳を傾けることのなかった宏も、おとなしく従うつもりでいるようなので大丈夫だろう。

「色々ご迷惑をおかけしました」

　立ち上がって丁寧に腰を折る拓也に、金沢が手をヒラヒラさせる。

「俺は休みでなにもしていない。搬送からオペまでお前が大活躍だったそうじゃないか」

「それは、俺ひとりの力じゃないです」

　倒れた際、香苗が自分をサポートしてくれたおかげで拓也は冷静に動くことができたのだ。

　拓也が搬送された後、小百合のタクシーの手配や店への対応など、彼女がいてくれるからその心配をすることなく、救急車に同乗することができた。

　再会した香苗が、魅力的な大人の女性に成長していたことはわかっていたが、あらためて彼女が看護師としても優秀な人材に育っていることを思い知った。

　休日にもかかわらず、宏のかかりつけ医との連絡がスムーズに取れたのも、香苗がいてのこと。

　おかげで母に悲しい思いをさせずに済んだ。

そしてうれしい誤算として、この一件を機に、自分に対する宏の態度がかなり柔和なものになった。

香苗も拓也も、医療従事者としてやるべきことをやっただけで、別にそれで彼の気持ちが変えられるなんて思ってなかった。

小百合に言わせれば、宏はかなり苦労して一代で財を成した人なので、誰に対しても斜に構えて気難しい態度を取ってしまうだけで悪い人ではないそうだ。

小百合としては、彼のそういう無器用な部分を理解した上で支えていきたいと思っているのだという。

それを聞いて、今さらながらに、自分の母の選んだ人がそこまで悪い人ではないのだと気づくことができた。

大学進学の際に意見を対立させてから、拓也としては無理して関係修復する必要もないと思っていたし、連絡が途絶えがちだった母との交流がこのまま途絶えてもしかたないとあきらめてもいた。

だが香苗の言葉に背中を押されて一歩踏み出したことで、拓也を取り巻く環境は奇跡のような変化を遂げた。

（香苗には一生頭が上がらないな）

もとより、惚れた弱味で香苗には勝てないのだけど……。

「しかしビックリしたよ」

あれこれ考えひとり苦笑する拓也に、金沢が話を続ける。

「矢崎先生の婚約者って、九重総合医療センターのお嬢さんだったんだな。そりゃ、医局長の持ちかける縁談を断るはずだ」

「ああ、それは……」

最近の拓也は、常に左手の薬指に指輪をしている。

そのことに一方的にショックを受けた看護師の江口が、あっちこっちで話を広めてくれたおかげで、拓也が事実婚状態になっていることは院内でもっぱら噂になっていた。

その上宏のために香苗が九重総合医療センターの院長である自分の父親に連絡を取ってくれたことで、その相手が九重総合医療センター医院長の娘であることが周知の事実となったのだ。

「相手が相手だ、本決まりになるまで周りに隠していたい気持ちはわかる。周囲も九重家に婿養子に入るならあきらめがつくと話していたよ」

色々噂がひとり歩きした結果、これまで拓也が頑なに縁談を断り続けていたのは、九重総合医療センターのひとり娘である香苗との交際を秘密裏に続けており、後々婿養子になることが決まっていたからだということになっている。

多少事実と異なるのだが、拓也としては彼女以外の誰かとの結婚なんて考えられなかったので、その噂はあたらずといえども遠からずといった感じなのでそのままにしている。

ただ……。

「中にはお前の出世を嫉妬して腐すヤツもいるみたいだが、雑音だと思って気にするな」

拓也に励ましの言葉をかけて、金沢は自分の仕事に戻った。

彼がそんなことを言うのは、香苗との関係が明るみになったことで、これまで拓也が救命救急の現場にとどまっていたのは、後々九重総合医療センターに移るつもりだったからだと囁かれているからだ。

面と向かって拓也自身に『出世争いには興味ない現場主義って顔をして、必死に教授たちのご機嫌取りをする他の医師たちをあざ笑っていた』『九重総合医療センターの娘をうまくたぶらかした』などと言ってくる医師もいるくらいだ、金沢の耳にはもっと口さがない噂話が届いているのだろう。

それでも誰になにを言われても香苗を思う気持ちが揺らぐことはないし、将来的に救命救急の現場を離れる覚悟もできている。

「俺は常に、その時の自分にできる最善の仕事をするだけです」

拓也もそう返して仕事に意識を集中させることにした。

◇◇◇

最初に宏を見舞ってから五日後、香苗は再びふじき総合病院を訪れていた。

目的は拓也と共に、再度宏を見舞うためである。

その後の経過も良好で、退院の目処がついたので、その前に小百合にも同席してもらい、改めてふたりで結婚の挨拶をさせてもらうことになったのだ。

色々大変なことになってしまったが、そのおかげと喜ぶべきことも多い。

小百合とふたりきりで話す時間を多く持つことができて、彼女の本音を知ることができた。

結果として、おとなしい小百合は、再婚直後ということもあり、彩子の言いなりとなり香苗に嘘をついたのだと知った。

小百合としては彩子ひとりが悪いのではなく、母親として、拓也に少しでも苦労のない道を歩ませてやりたいという気持ちもあったのだという。

だから香苗と拓也に罪悪感を覚えつつも、彼女の嘘に加担したそうだ。

拓也の幸せを思い、一度は彼との別れを決断したことがある香苗には、その気持ちは痛いほどよくわかる。

その結果、息子に嘘をついた後ろめたさから、拓也とうまく接することができなくなっていたのだと打ち明けられた時には胸が苦しくなった。

拓也は、小百合が自分に連絡をしてこないのは、宏の顔色を気にしてのことだと思い込んでいただけになおさらのことである。

「本当は、全部打ち明けられたらいいのかもしれないけど……」

ふじき総合病院へと向かう道を歩きながら、香苗は呟く。

そのためには、小百合が香苗に嘘をついたことを話す必要がでてくるので、そういうわけにもいかない。

それに無理してすべての真実を明らかにしなくても、彩子の口を介さず話し合ったことで、小百合が自分たちの結婚に反対していないとわかった。

それどころか、拓也が夢を叶えて医師になったことを喜んでいることも知れた。

宏の方も、彼が拓也に自分の胸の内をどこまで打ち明けたかは知らないけど、拓也は仕事の合間に顔を出した際の義父の態度が以前と違うと話していた。

大病を機に人の性格が変わるという話はたまに聞くけど、助けたからって遠慮されると落ち着かない。自分は医師としてやるべきことをしただけなのに……と、頭をかく拓也の姿を見るに、そのすべてを打ち明けてはいないのだろう。

その辺のことは、香苗が口出しすることではないので黙っている。

そしてあれだけのことがあっても、自分が特別なことをしたと思わない拓也を愛おしく思う。

香苗としては、そんな彼には、これからも救命救急の第一線で働いてほしいのだけど……。

「あれ？」

ふじき総合病院に到着し、そのまま中に入ろうとした香苗は、どこからか覚えのある声が聞こえてきた気がして足を止めた。

風に乗って聞こえてくる声をたどって病院の周りを歩くと、救急車の搬入口近くで言い争っている女性の姿に気づく。

ひとりは紙袋、もうひとりは花束を持っている。

（あれは拓也さんのお母さんと……）

紙袋を持っているのは、小百合だ。

もうひとりの女性は、花束のせいで顔が見えない。だから最初は小百合が誰と話しているのかわからなかった。

でも相手が小百合に詰め寄り、抱えている花の角度が変わったことでその顔が見えた。

その姿に香苗は息をのむ。

（彩子さん）

「母親面して私に命令するのやめてくれるっ！」

「そうじゃなくて、病室に花の持ち込みは禁止されているのよ」

「はぁ？　そんなことどうでもいいし。このくらいインパクトのあるお見舞い持っていかないとパパの気を引けないじゃない」

宏の入院以降、一度も姿を見ていなかった彩子が、退院目前となって見舞いに訪れたようだ。

そんな彼女が花束を持って病院に入ろうとしていたところを、小百合が止めたのだろう。

ここまで一緒に来たのであれば、花を買う前に小百合が止めていただろうから、病院の前で偶然鉢合わせしたのだろう。

先日宏と話した後で拓也に確認したところ、ふじき総合病院でも病室への花の持ち込みは禁止させてもらっているとのことだった。

だから小百合は正しいことを言っているのだけど、彩子がその忠告に耳を傾ける様子はない。

「あなたが勝手にパパを入院させたせいで、こっちはお小遣いもらえなくて迷惑してるんだからね。しかも拓也の病院に入院させて、彼を利用して、自分に都合のいい遺言書を書かせてパパを殺すつもりなんでしょっ！」

「そんなっ！」

彩子の身勝手な言いがかりに、小百合が絶句する。

あの状況で救急搬送された宏をそのまま入院させるのは、当然の処置だ。

倒れた際、ふじき総合病院に搬送されたのは、その場に拓也がいたことが関係しているのかもしれないけど、医療設備が整っているここに運ばれたのはとてもラッキーなことなのに。

宏が倒れた当初こそ取り乱していた小百合も、その後はできる限りのことをして、地元と病院を行き来しながら夫の世話を焼いている。

そのかいがいしい姿は遺産目当てとは思えないし、宏が倒れた後、小百合が何度電話をしてもそれを無視した彩子になにか言う権利はないはずだ。

なにより拓也は、そんな悪事に荷担するような人じゃない。

相手の人柄を正しく判断することなく、自分の思いどおりにならないとわかった途端、拓也まで悪者扱いする彩子が理解できない。

「拓也さんのお母さんの言っていることは本当です」

自分が口を挟むことで小百合の立場を悪くしてはいけないと思い、すぐには口を挟めずにいたけど、さすがにこれ以上は黙っていられない。

香苗が声をかけると、小百合と彩子が同時にこちらを見た。

「香苗さん」

「拓也さんのお母さんが話されているとおり、この病院は花の持ち込みをお断りしています」

まずはそこからと思い、香苗が言う。

その間、彩子は、驚き顔で小百合と香苗を交互に見比べていた。

そして憎々しげに奥歯を噛みしめて、小百合を叱る。

「さっさとこの女と拓也を別れさせてって命令したでしょっ！」

（命令……）

義理とはいえ、娘が母親に使うべき言葉じゃない。

それだけでも、普段のふたりの力関係が見えてくる。

しかも今の言い方から察するに、彩子は、今回も香苗と拓也を別れさせるために小百合になにか命令をしていたようだ。

（拓也さんのお母さんには、なにも言われていない）

宏の入院以降、彼女とは何度か顔を合わせているけど、過去の嘘を謝られたことはあっても、拓也と別れろと言われたことは一度もない。

彩子にそんな命令をされているとさえ、話していない。

そうやって小百合は小百合なりに、過去の過ちを悔いて、自分たちのために戦っていてくれたんだ。

そう思うと、胸が熱くなる。

「彩子さんがなにを言っても、私は拓也さんと別れる気はありません」

キッパリとした香苗の言葉に、彩子が目をつり上げる。

「この疫病神が何様のつもり？　アンタのせいで、拓也は陸上ができなくなったし、パパも倒れたんじゃないのっ！」

「彩子さん、それは違うわ。拓也のケガは学校の管理責任だし、あの人が倒れたのは、何日も前から症状が出ていたのに受診させなかった私の責任よ」

「はぁ？　アンタ、どっちの味方よっ！」

小百合が香苗をかばったのが面白くなかったのだろう。

彩子は目尻をつり上げて、手にしていた花束を高く持ち上げて小百合をそれでぶとうとした。

「おばさんっ！」

香苗は咄嗟に小百合に駆け寄り、身を挺して彼女をかばった。

でもその時、「彩子、いい加減にしろっ！」と、鋭い一喝が飛んできて、彼女の動きが止まる。

声のした方を見ると、拓也に支えられてこちらへと歩いてくる宏の姿があった。

「拓也、パパ」

「拓也、あなた」

彩子と小百合が口々に言う。

念のために拓也が付き添ってはいるが、宏の足取りはかなりしっかりしている。

「病室の窓から、お前らが言い争っている姿が見えた」

苦々しい顔で宏が言う。

拓也は、そんな宏にチラリと視線を向け「俺が行くから病室で待っていてほしいと頼んだんだけど」と、困り顔を見せた。

拓也はすでに私服に着替えている。おそらく勤務を終え、宏の病室で香苗と小百合の到着を待っていたところ、窓から小百合と彩子がもめていることにどちらかが気づき、駆けつけたのだろう。

宏は拓也のぼやきを無視して、香苗たちの前に立つと彩子を睨んだ。

「なんの騒ぎだ」

とがめるような口調で宏が彩子に問う。

入院生活で少々面やつれをしているが、その眼光はさすがは企業のトップを務める者といった威厳に満ちている。

宏の眼差しに気負けして、彩子は一度は身を小さくした。でもすぐに持ち前の我の強さを取り戻し、小百合を指さして言う。

「この女が、パパのお見舞いの邪魔をするの。それにパパがこうなったのは自分のせいだって、自白したわ」

難事件の真犯人を見つけた刑事よろしく彩子が言う。

彼女の言葉に真実なんてひとつもないのだけど、宏は、今度は小百合に鋭い視線を向ける。

「小百合、お前は、私がこうなったのは自分のせいだと考えているのか？」

宏の言葉に小百合はコクリと頷く。

「一緒に暮らしていて、倒れる数日前からあなたの体調がおかしいことに気づいていたのに、医者嫌いのあなたに怒られるのが怖くて、病院受診を勧めませんでした。食事も、私がもっと気をつけていればこんなことには……」

後悔を滲ませる小百合の言葉に、彩子が得意気な顔をする。

確かに宏は緩やかな心筋梗塞の自覚症状が出ていたので、早めの受診をしていれば、出先で倒れるようなことはなかったかもしれない。

でもそれは小百合が悪いわけではない。……と、言ってしまうのは簡単だけど、香苗には、人間の気持ちがそんなふうに簡単に割りきれるものではないということがわかっている。

相手を大事に思っているからこそ、〝あの時、自分がああしていれば……〟といった後悔が、どうしてもついて回るのだ。

それはひとつの愛情表現だから、香苗には彼女の言葉をすぐに否定してあげることができない。

その隙に、宏が「そうか、わかった」と顎を引く。

「本気でそう思っているのなら、これを機にウチから出ていってくれ」

小百合に向けられた言葉に、彩子以外、その場にいる皆が息をのんだ。彩子ひとりが意地悪く笑う中、宏の言葉が続く。

「お前が私の健康に気遣ってくれているのに、聞く耳を持たなかったのはこちらだ。それなのに、そんな罪悪感を抱いて生きる必要はない。暮らしに困らないだけの生活費は送るから、後は彩子に任せて自分のために時間を使ってくれ」

その言葉に、彩子が「えっ！」という顔をする。

「ちょ、ちょっと、どうして娘の私が、パパの世話をしなきゃいけないのよ」

「もちろん家を出ていくならそれでかまわん。お前もいい年なんだから、自分の稼ぎだけで生活していけばいい」

「え、仕送りは？　その女には、仕送りをするのに？」

「これまでお前が、私のためになにをしてくれた？　離婚で寂しい思いをさせたと思うから、甘やかしてきたが、お前と同世代の拓也君やその奥さんの働く姿を見ていて、私は自分の間違いに気づいた。家にいたいのならそれでもかまわんが、これまでのような暮らしができるとは思うなよ」

その言葉に彩子が香苗を睨む。

「全部あなたのせいよっ！」

彩子が香苗を睨むが、拓也がふたりの間に割って入ることで視線を遮る。

「なっなによ……」

香苗の位置からでは、拓也の表情を確認することはできないが、彼と対峙する彩子の顔からは一気に血の気が引いていく。

「もとより君の横暴な振る舞いには、目に余るものを感じていた。それでも一応の配慮をしていたつもりだが、それも今日までにさせてもらう」

「な、なによ……」

相手のすべてを拒絶するような拓也の気迫に、彩子がたじろぐ。

香苗も、初めて耳にする彼の冷ややかな声に驚きを感じていた。

「君が、これ以上俺が大事にする人を傷つけるのなら容赦はしない」

拓也にすごまれた彩子が、助けを求めて宏と小百合に視線を向けるけど、そのどちらも助け船を出す気配はない。

その状況に彩子が歯ぎしりする。

「いいわよ。あなたたちなんて、私の方から縁を切ってやるんだから！」

癇癪《かんしゃく》を起こした子供のような口調で宣言し、彩子は花束を地面に叩きつけてその場を去ろうとしたが、宏の一喝が飛ぶ。

「彩子っ！　立ち去る前に、自分が傷つけてきた人に詫びるのが筋だろ」

厳しい宏の声に、彩子は下唇を噛む。

これまで散々甘やかされてきた彼女にとって、人前で父親に叱られるというのはかなりの屈辱のようだ。

それでも素直に謝ることはなく、一瞬、拓也にすがるような眼差しを向けた。だが彼が、救いの手を差し伸べることはない。

その状況に、彩子は悔しさに表情をゆがめた。

「悪かった……わよ」

香苗たちに向かって頭を下げた。

「二度と俺と妻の前に姿を見せるな」

謝罪の言葉を口にする彩子に、拓也が言い放つ。

その言葉に頷いて応え、彩子はきびすを返して立ち去る。

「彩子さんっ」

「追いかけなくていい」

小百合が慌ててその背中を追いかけようとするけど、宏がそれを引き止めた。そして自分の方に来るよう声をかける。

彩子が立ち去った方を気にしつつ、小百合が宏の前に立つと、彼はガバリと頭を下げた。

「今まで悪かった」

「あなた……」

これまで宏にそんなことされたことがなかったのだろう。

小百合は口元を手で隠して、目を丸くしている。

顔を上げた宏は、心からの後悔を滲ませた表情で言う。

「これまでだって、お前は私の病気を気遣った食事の準備をしてくれていたのに、私はそれを大げさだと言って、真剣に取り合ってこなかった。その結果がこのざまだ」

申し訳ないと宏はまた頭を下げる。

そして拓也と香苗にも、それぞれ頭を下げた。

「あなた、顔を上げてください。拓也も香苗さんも困ってるわ」

小百合に腕をさすられ、宏は今にも泣き出しそうな表情で顔を上げる。

「さっき言ったとおり、こんな愚かな人間のために、これ以上お前の時間を費やす必要はない」

宏の言葉に、小百合はそんなことはないと首を横に振る。

「でしたら、家を出る代わりに、これからは食事のお世話など、もう少し私の意見を聞いてくださいな。その方が、私もうれしいです」

小百合の言葉に、宏が鼻をぐすりとさせる。

どこか遠くの方で救急車のサイレンの音が聞こえた。

その音にいち早く気づいた拓也が、彩花が捨てていった花束を拾い上げて三人に声をかける。

「ここにいると、救急搬送の迷惑になるので、中に入りましょう」

言われて、香苗は自分たちが救急外来の搬入口に近いことを思い出す。

そして拓也と共に、宏と彼に寄り添って歩く小百合に続いて病棟に入っていった。

12・世界一幸せな花嫁

「花のもらい手が見つかってよかったですね」

宏の見舞いを終えて、自宅マンションに戻った香苗は、リビングのソファーに座る拓也に声をかけた。

「あそこにそのままにしておくわけにもいかないからな」

そう答える拓也は、ふたり分の飲み物を手にソファーに歩み寄る香苗に手を伸ばす。

香苗は彼に、手にしていたグラスを預けて隣に腰かけた。

拓也がグラスの片方を香苗に差し出す。

グラスの中は、リンゴのリキュールを炭酸で割ったものが入っていて、小さな泡がはじけていく。

拓也の方のグラスとはリキュールの濃度が違うので、色でどちらのものかすぐにわかる。といっても次の日の勤務を考慮して、どちらの分もアルコール濃度は控え目だ。

軽くでいいから、今日はどうしても乾杯をしたい。

香苗と同意見の拓也は、香苗が隣に座ると軽くグラスを触れさせて祝杯をあげる。

「喜んでくれる人がいてよかったです」

そう言って香苗は、自分のグラスに口をつけた。

彩子が投げ捨てていった花束は、拓也が回収し、花好きな職員に持って帰ってもらうことで落ち着いた。

彩子が買ってきた花を持ち帰る気にはなれないが、花に罪があるわけではないので、引き取ってくれる人がいてよかった。

感情を爆発させた彩子が立ち去った後、改めて病室で結婚の挨拶をして、石倉夫妻の祝福を受けた。

宏の体調が整ったら、改めて両家の食事会を開く予定だ。

長い間家族との交流が途絶えていた拓也が、家族との関係を再開できたことを香苗としてもうれしく思う。

グラスをテーブルに置いた拓也が、香苗の肩に腕を回して言う。

「それで、香苗は俺になにを隠してるの？」

「え？」

質問の意味がわからず香苗が目をパチクリさせると、拓也が悲しげな表情を浮かべる。

「少し前に、昔のことは母から聞かされた」

その言葉に、香苗は息をのむ。

「そんな……」

傷つくだけだから拓也が事実を知る必要はないと思っていたのに。

うまく説明できない罪悪感に表情を曇らせる香苗の頬に、拓也がそっと手を触れさせた。

「俺を気遣って、そのことは黙っておくように母に頼んでくれたそうだね。ありがとう。でも俺としては、優しい嘘で守られるより、香苗にどんな本音をぶつけられても動じない男になりたいと思っている」

「私は拓也さんのことを、誰よりも頼りにしているわ。ただ、それはもう終わった話だから、今さら拓也さんが知る必要はないと思っただけ」

その言葉に嘘はない。

拓也のことは、医師としても人間としても尊敬しているし、誰よりも信頼している。

それに無事再会を果たした今、あの時の別れは、自分たちの未来のために必要な試練だったと本気で考えているので、今さら掘り返す必要がないと判断しただけだ。

グラスをテーブルに預け、香苗が真剣な表情で説明した。

「そう？　香苗は俺のことを頼りにしてくれている？」

「もちろん」

拓也の言葉に、香苗は力強く頷く。

「そうよかった」

「じゃあ、周囲の祝福を受けて俺たちの縁談が進む中、香苗が時々浮かない表情を見せるのはなぜ？」

拓也が言う。

「え？」

香苗は息をのむ。

そんな香苗の反応に拓也が困り顔を見せた。

「やっぱり、なにか悩んでいるんだね。それは俺に言えないこと？　俺との結婚が嫌になった」

「まさか、そんな……」

驚く香苗の首筋に、拓也は顔を埋めて言う。

「あの日の真実を聞かされてからずっと、優しい香苗の本音を見落とさないよう気をつけてきた。そんな俺が、香苗が悩んでいることに気づかないわけないだろ」

彼の声音に香苗を攻める気配は微塵《みじん》もない。

ただ純粋に、香苗に頼ってもらえない自分をふがいなく思っていることだけが伝わってくる。

「拓也さん……」

彼にそんな思いをさせたいわけじゃない。

香苗が罪悪感に胸を痛めていると、拓也が「じゃあ、なにが不安なのか聞かせて」と言う。

「それは……」

香苗は一瞬言いよどむ。

もちろん香苗だって、拓也との結婚を心待ちにしている。

どんな理由があっても、二度と彼と離れるなんて考えられない。

だからこそ、ずっと言葉にできずにいた思いがあるのだ。

でもそうすることで、彼にこんな不安な顔をさせてしまうのなら、すべてを打ち明けてしまった方がいい。

そう覚悟を決めて、香苗は自分の胸にくすぶっていた思いを口にする。

「拓也さんは本当に、私と結婚して、九重総合医療センターの後継者になって後悔しませんか？」

絞り出すような香苗の声に、拓也が顔を上げた。

香苗は、そんな彼の顔をまっすぐに見つめて続ける。

「大きな病院の後継者となれば、周囲の態度が変わったり、変に勘ぐられて不愉快な言葉を投げかけられるようなこともあると思うんです」

九重総合医療センター院長のひとり娘である香苗は、長年、周囲のそういった特別扱いに辟易してきた。香苗の場合、自分の家のことなのでまだあきらめもつくが、拓也は違う。

それに拓也の学生時代からの友人である遠鐘病院の依田でさえ、ふたりの関係を聞いて『矢崎、うまくやったな』と笑っていた。

もちろん依田の場合は、気心の知れた友人としての冗談だ。だけど香苗の知らない場所では、明確な悪意を持って、それと同じようなことを拓也に言っている人がいるのではないだろうか。

「もちろんいるよ」

あれこれ悩む香苗と違い、拓也はあっけらかんと認める。

「今まで俺が現場主義を貫いていたのは、後々、九重総合医療センターに移ることが決まっていたから、面倒な人間関係をつくるのを避けるためだったんだって噂されている」

「そんな……」

拓也は、ひとりでも多くの人を救いたくて奔走していただけなのに。

悔しさに唇を噛む香苗を面白がるような顔で、拓也は続ける。

「だとしても、『それがなに?』って、俺は思っている。救命救急の現場はいつも忙しくて、嫉妬ややっかみで腕のある医師を爪はじきにしている暇はない。ひとりでも多くの人の命を救いたくてこの仕事をしているのは、みんな同じなんだから」

今はやっかみで見る目が曇っている人も、一生懸命処置にあたる姿を見せていれば、拓也の思いがどこにあるのか理解してもらえるから大丈夫だと言う。

迷いを感じさせない強気な口調に、香苗は胸を熱くする。

そして、そんな彼の考えを聞いてしまうと、余計に自分とこのまま結婚していいのだろうかと悩む。

「拓也さんの現場にかける情熱を私はよく理解しています。私と結婚することで、その現場を離れることになってもいいんですか?」

香苗はずっとそのことを心配している。

拓也が優秀だからこそ、父が彼に期待する気持ちもわかるのだが、それは彼からやりがいを奪うことになるのではないだろうか。

「香苗はそのことを悩んでいたの？」

拓也に問われて、香苗が素直に頷くと、彼がクスリと笑った。

「俺、香苗は俺のことをもっとよく理解してくれていると思ってたのに、残念だよ」

「え？」

香苗としては、もちろんそのつもりでいる。それなのに拓也は、違うと軽く肩をすくめて言う。

「俺が一番に大事にしたい理念は、ひとりでも多くの人の命を救うということだ」

「だから……」

「多くの人の命を救えるのなら、それは俺じゃなくていいんだ」

「え？」

「どんな名医でも、ひとりの医師が救える人の数には限りがあるし、他者を救うためだけに優秀な医師が人生のすべてを捧げるのも違うと思う。確かに今は現場に立ち、多くのことを学びたいと思っているが、第一線を離れたら、後進の育成や医療スタッフの労働環境の改善に力を入れていきたいと考えている」

「そうなの？」

彼がそんなふうに考えているなんて、思ってもいなかった。

でもよく考えれば再会のきっかけは、拓也がふじき総合病院の勤務とは関係のない講習の講師を務めていたことにある。

（医師として忙しい拓也さんが進んで講師を務めていたのは、そういう思いがあったからなんだ）

今さらながらに拓也の考えを正しく理解する。

「この先のことは、香苗のお父さんと相談して決めていくことになるのだろうけど、どこに行っても、俺がするべきことは変わらない。その時の自分にできることを全力で頑張っていくだけだ」

「拓也さん」

揺るがない意思を持って生きる彼の強さに、香苗の心が震える。

「じゃあ本当に、私とこのまま結婚しても後悔しない？」

香苗の質問に、拓也は「もちろん」と微笑む。

そして香苗の顎を軽く持ち上げて言う。

「その代わり、ひとつだけ欲しいものがある」

自分が彼に差し出せるものなら、どんなものでも喜んで差し出す。

あまり物欲を感じさせない拓也が、そんなことを言うのが珍しくて香苗が興味を示すと、拓也が言う。

「香苗を世界一幸せな花嫁にする権利」

それだけは他の誰にも譲る気はないと、強気な表情で香苗に唇を重ねる。

「うぅ……ん」

突然のキスに驚く香苗の呼吸を味わうように、拓也はねっとりと舌を動かしていく。

互いの想いを通わせるようになって今日まで、幾度も肌を重ねているけど、こういう不意打ちの行為にはまだまだ慣れない。

「その権利だけは、他の誰にも譲れない」

キスで散々香苗を翻弄した後で唇を解放した拓也が言う。

「もうとっくに、世界一幸せな結婚をさせてもらっています」

恥ずかしさから視線を逸らして答える。

色々あって婚姻届こそまだ提出していないが、気持ちとしては、自分はすでに拓也の妻のつもりだ。

「なに？」

それも世界一幸せな花嫁だ。

「それはよかった。もともと俺としては、俺が九重総合医療センターのひとり娘をたぶらかしたんじゃなくて、魅力的な香苗が将来有望な敏腕医師をたぶらかしたと思っているんだけどな」

「たぶらかしたって……」

そんなことした覚えはない。

出会った時からずっと、香苗の方が彼に夢中なのだから。

そう説明しても、拓也は自分の意見を曲げない。

「嘘だ。俺の方が最初から香苗に惚れていた」

どちらが先に相手を好きになったのか。

そんなことを言い合いながら、どちらからともなく唇を重ねた。

最初は恥ずかしさが先に出ていた香苗も、幾度となく拓也に唇を求められていくうちに、自分からも彼の唇を求めるようになっていく。

拓也の温もりや呼吸をじかに感じると、愛おしさがこみ上げて、彼なしでは生きていけないと思う。

「愛してる」

「私も」

幾度も愛の言葉を囁き、唇を重ねていると、気持ちが高ぶってきてそれ以上の刺激が欲しくなる。

唇を重ねて、舌を絡めて互いの吐息を味わう。

「香苗、愛している」

拓也の大きな手が、口づけに息を乱す香苗の胸の膨らみに触れる。

「拓也さんっ」

胸の膨らみに沈み込む彼の指先の感触に、香苗は戸惑いの声を漏らす。

「駄目？」

拓也が甘えた声で聞く。そうしながら、香苗の首筋に顔を埋めて、舌先で肌を刺激してくる。

その聞き方はちょっとズルい。

「あっ」

香苗が思わず甘い声をあげると、拓也が耳元で「香苗のエッチ」とからかってくる。

その間も、彼の指は香苗の胸をもみしだき、胸の尖りを爪でかく。

着ている服の上からなのだけど、それでもその刺激は香苗を甘く刺激する。

「……意地悪っ」

愛する人にこんなふうに触れられて、声を抑えられるはずがない。

それでも拓也にからかわれたのが恥ずかしくて、声を必死にこらえた。

「香苗、素直になって」

囁いて、拓也が耳たぶを甘く噛む。

その刺激に、香苗は口を押さえて身もだえた。

「このままここでしてもいい？」

「えっ！　駄目っ！」

慌てる香苗の反応に、拓也が小さく笑う。

「じゃあその代わりに、もう俺に隠し事をしないって約束してくれる？」

「……うん、約束する」

香苗は即答する。

「約束だ」

うれしそうに返して、拓也は香苗の胸を解放する。そして悪戯を成功させた少年の顔で言う。

「じゃあ、続きはベッドで」

「え？」

「ここでしなければいいんだろ？　ベッドで隠し事のない香苗の反応を見せて」

男の情欲半分、からかい半分の声で囁かれ、香苗は目を丸くする。

「ズルい」

「それは、俺をたぶらかした香苗が悪いんじゃない」

香苗の抗議をあっさり無視して、拓也は香苗を抱き上げた。

そんな彼のずるさも愛おしいと思ってしまうのだから、やっぱり香苗の方が拓也にたぶらかされているように思う。

「こんなに好きにさせるなんてズルいです」

甘い声で抗議して、香苗は拓也に身を任せた。

◇◇◇

夜、拓也は自分の隣で眠る香苗の髪を優しく撫でた。

ずっと交流が途絶えていた母と交流が再開しただけでなく、この先二度と口をきくこともないと思っていた義父とも思いのほか親しく接することができている。

自分ひとりでは、今さら家族の縁を取り戻そうなどと思いもしなかっただろう。
それを取り戻すことができたのは、香苗のおかげだ。
「香苗、ありがとう」
起こさないよう気を使いながら、彼女の頬にキスをする。
香苗はいつも、拓也に助けられていると言うが、救われてきたのは自分の方だ。
その恩を返すためにも、今度は自分が香苗を幸せにする番だ。
一生かけて、彼女に自分が与えてもらった以上の幸せを返していこう。
拓也は、心にそう誓って香苗の隣で瞼を閉じた。

エピローグ

八月吉日。香苗は、拓也とふたりで自宅マンションに向かって歩いていた。

先日休みを合わせて一緒に地元に戻り、両家の顔合わせをするとともに婚姻届の保証人にサインをもらった。

今日それをふたりで都内の区役所に提出した。

香苗の実家は地元で大きな病院経営をしているし、拓也の義父である宏も会社経営をしている。

また香苗も拓也も、それぞれ仕事で忙しくしているので、結婚式はまた日を改めて開かれることになっているが、晴れて正式な夫婦になった。

そのお祝いに外で少し早めの夕食を取り、ふたりで帰ってきたところだ。

拓也と仲よく肩を並べてリビングに入ろうとした香苗は、ドアを開けた瞬間息をのんだ。

「香苗？」

突然動きを止めた香苗に、拓也が声をかける。

「マジックアワー」

窓の外に視線を向けたまま、香苗が呟く。

「え？」

聞きなれない言葉に興味を見せる拓也に、香苗が得意気に言う。

「こういう夕暮れをそう呼ぶそうです」

夏の夕暮れは遅い。

カーテンを閉めずに出かけたため、窓の外には美しい夕暮れの空が広がっている。太陽の姿は見えないのに、ビル群の向こうの裾は明るく、空にたなびく雲は日の名残をふくんで黄金色に輝いて見える。

世界が柔らかな光で満たされている。

「前に患者さんに教えてもらったの。世界が淡い光に照らされて、綺麗な写真が撮れる特別な時間だって」

以前教えてもらったことを、そのまま拓也に伝えた。

「昔、こんな夕暮れの中、ふたりで手をつないで歩いたな」

香苗の説明に小さく頷き、窓の外に視線を向けたまま拓也が呟く。

懐かしげなその眼差しは、窓の外の景色ではなく、十年以上昔の自分たちの姿を見ているのかもしれない。

「覚えていてくれたんですね」

香苗の言葉に、拓也がこちらに視線を向ける。

「香苗との大事な思い出を、俺が忘れるはずないだろ」

拓也が誇らしげに言う。

「マジックアワーは、一瞬だけの奇跡的な美しい時間だそうです」

あふれる愛情を凝縮したような彼の眼差しに気恥ずかしさを覚えつつ、香苗が言う。

そんな会話を交わしている間にも、香苗の言葉を証明するように、徐々に太陽の名残は消えて宵闇の濃度が増していく。

時間は刻々と変化していきとどまることはないが、でもそれを残念に思う必要はない。

時間が流れていくからこそ、香苗は成長して、彼と肩を並べられる存在になれたのだから。

「また一緒にこの景色を見よう」

香苗の心を代弁するように拓也が言う。

夫婦になった自分たちは、これから何十年と奇跡的な美しい瞬間を積み重ねていけばいい。

「はい」

香苗が笑顔で答えると拓也が頷き顔を寄せる。

夕暮れの中、ふたり唇を重ねて永遠の愛を誓った。

END

特別書き下ろし番外編

永遠の一瞬

拓也と暮らすマンションでキッチンに立つ香苗は、手元に落ちる影で太陽の傾きを感じて顔を上げた。

この部屋は高層階にあるため日当たりがよく、五月の連休間近のこの時期、昼間は照明をつけなくても十分に明るい。

それでも夕飯の準備を始める時間になると、満ちていた潮が引くように不意に太陽の輝きが勢いを失い、部屋がほの暗くなる。

カウンターキッチンに立っていると、窓の向こうに、ビルの間に沈んでいく夕日が見える。

「綺麗」

空を黄昏の空を見やり、小さく呟く。

まだ空は〝マジックアワー〟と呼べる状態ではないが、遠鐘病院の病室で年配の患者さんにその言葉を教えてもらってから一年が経ったと思うと妙に感慨深くて、静かにその瞬間を待ってしまう。

香苗が窓の外に視線を受けていると、玄関のドアが開閉する気配がして拓也がリビングから顔を出した。

おかえりなさい。と、笑顔で出迎える香苗に、拓也も笑顔を返す。

「ただいま。今日くらい、夕飯の支度はしなくていいのに。……なに見てるの？」

そう言いながらキッチンカウンターを回り隣に立つ拓也は、香苗が視線を追いかけて窓の外を見てすぐに納得する。

「夕日を見送っていたんです」

それでも一応言葉で説明する香苗を、拓也は背後から抱きしめた。

背中に彼の体温を感じると、それだけで心がほぐれる。

「高校時代、香苗の目線で同じ景色が見たくて、こうやって一緒に夕日を見たよな」

香苗の肩に顎をのせ、視線の高さを合わせて拓也が言う。

「懐かしいですね」

香苗は、背後から自分を包み込んでくれる拓也の手に自分の手を重ねて言う。

「あの時、最初のプロポーズを香苗にした」

少し照れたように話す拓也の言葉に、香苗は重ねる手に力を込めた。

「覚えていてくれたんですね」

「忘れるわけないだろ。本気だったんだから」

拓也は拗《す》ねた口調で言う。

柔らかな彼の息遣いが肌に触れるのを感じて、香苗はくすぐったさに首をすくめた。

そうしながら、彼があの日の約束を覚えてくれていた事実を噛みしめて、思わず泣きそうになる。

「あれは、文化祭の帰り道でしたよね」

十年以上昔の記憶をたどりながら香苗が言うと、首筋に顔を埋めたまま拓也が「うん」と頷く。

ふたりが通っていたのは、県内では名の知れた進学校で、普段の勉強のカリキュラムはそれなりに厳しかった。

その分、体育祭や文化祭では思う存分盛り上がるのが常で、文化祭の帰り道はそんないつもとは違うはしゃいだ空気の余韻を引きずっていたのだ。

当時高校一年生だった香苗とは違い、高校三年生の拓也は、その日が終われば本格的な受験モードに突入する。

それがわかっていただけに、帰り道に立ち寄った公園で、香苗は『夕日が綺麗だから、沈むのを見届けるまで帰りたくない』なんて駄々をこねたのだ。

拓也は、そんな香苗の子ども染みたワガママに嫌な顔をすることなく、沈んでいく太陽を一緒に見送ってくれた。

その時も彼は、今日みたいに香苗を後ろから抱きしめて、その肩に顎を預けて『少しだけ待っていて』と言った。

当時、香苗の父親はふたりの交際を反対されていたのだけど、拓也が医大に進んで、立派な医師になればきっと許してくれるはず。だからそれまで、少しだけ待っていてほしいと香苗に話したのだ。

そして拓也が一人前の医師として認められたら、その時は結婚しようと言ってくれた。

「結局、一緒になるまで十年以上かかっちゃいましたね。そして結婚しても、式を挙げるまでにさらに約一年」

入籍は昨年済ませているが、結婚式は双方の家族の都合などもあり、なかなか挙げられずにいた。

だけどついに明日、自分たちは結婚式を挙げる。

そのため拓也は、今日の夕食は外食で済ませて、ふたりでゆっくり過ごそうと思っていたようだ。

でも香苗としては、救命救急医として忙しく立ち働く彼のために、なるべく栄養バランスを考えた食事の準備をしたいのだ。

これまでかけた時間を噛みしめる香苗の言葉に、拓也が緩く首を横に振る。

「それでも、この先の人生を共にするのだと思えば、たいした時間じゃないさ」

どこまでも前向きな彼の言葉に、香苗は体をひねって拓也を見上げた。

ふたりが交際していたのは、そんなに長い期間じゃない。

中学生だった香苗を、拓也が事故からかばったことで出会ったけど、付き合うようになったのは香苗が彼と同じ高校に合格してからだ。

しかもその年の冬には、悪意に満ちた彩子の嘘で気持ちをすれ違わせ、自分たちは別れてしまった。

(それでも私は、拓也さんにプロポーズされた日のことを忘れたことはなかったよ)

別れてからもずっと香苗の中で、あの日、ふたりで見た夕焼けの景色が色褪せることはなかった。

美しい夕日を見るたびに、拓也を思い出し、その幸せを願っていたのだ。

そして去年のゴールデンウィーク明けに受けた研修で、奇跡的な再会を果たした彼は、香苗と一緒に生きていくことが最大の幸せだと言ってくれている。

「俺、こういう夕日を見るたびに、香苗のことを思い出していたよ」

ありったけの愛おしさを込めた声で拓也が言う。

「私も同じです」

彼も自分と同じ気持ちでいたことに香苗が驚くと、拓也は小さく笑った。

「そうか。会えない時間も、俺たちはいつも同じ気持ちでいたんだな」

幸せを噛みしめるように話す拓也は、しみじみとした声で「それじゃあ、別れられるはずないよな」と呟く。

「ですね」

彼の言葉に、香苗も頷く。

こんなに愛し合っているのに、別れられるはずがない。

「香苗」

愛情を凝縮させたような彼の声に、腰をひねって視線を向けると、彼が顔を寄せてきた。

「拓也さん、愛しています」

「俺も。香苗だけを愛している」

太陽が沈みきった窓の外は柔らかな光に包まれている部屋の中、お互いの想いを言葉にして唇を重ねた。

◇◇◇

翌日、大安吉日。

朝から好天に恵まれる中、都内の老舗ホテルの庭園を、ウエディングドレス姿の香苗は、タキシード姿の拓也に手を引かれて歩いていた。

「こちらです」

前を歩くホテルスタッフに案内されるまま、よく手入れされた日本庭園を歩いていくと、人工の滝を背にして、池の前に両家の家族が集っているのが見えてくる。

香苗の両親と祖父母、母方の伯母《おば》夫婦。拓也側は、彼の母である小百合と、その再婚相手である宏。

宏の娘の彩子だけは、昨年の騒動の後、家を飛び出し連絡がつかなくなっているのでこの場に姿がないのだが。

「お天気にも恵まれて、よいお式になりましたね。この後の披露宴も楽しみです」

香苗に寄り添う女性スタッフが声をかけてきた。

彼女は、裾が大きく広がるデザインのウエディングドレスを着ている香苗が歩きやすいよう、ドレスの裾を持ち上げて移動をサポートしてくれている。

「ありがとうございます」

女性スタッフの言葉にお礼を言う香苗は、緩やかな坂を上りながら先ほどの挙式の光景に思いをはせる。

——春の光が差し込むチャペルで、両家の家族や友人が見守る中、香苗と拓也は永遠の愛を誓った。

この後は、知人や両家の家族の仕事関係者なども招いての披露宴が執りおこなわれるのだが、その前に親族だけで記念写真を撮るのだ。

「幸せな眺めだな」

香苗の手を取って歩く拓也が言う。

その言葉どおり、うららかな日差しの下で両家の家族が談笑している様子は、幸せを凝縮したような景色で香苗の目頭が熱くなる。

香苗たちの到着に気づいた母の美乃利が、ふたりに向かって手を振ると、他の参列者たちも手を振る。

香苗と拓也も、小さく手を振り返す。

恥ずかしいのか、宏だけは、ムスッとした顔で首を動かすだけにとどめているが。

それでもお互いの表情を見れば、両者がわだかまりなく今日という日を迎えているのだとわかる。

香苗の父である哲司は、湧き上がる感情が抑えられなくなったのか、目頭を押さえて横を向く。

その姿に、香苗の目からこらえていた涙があふれてしまう。

「香苗」

それに気づいた拓也が、足を止めてハンカチを差し出してくれる。

「ありがとうございます」

それを受け取り、香苗はメイクを崩さないよう気をつけながら涙を拭う。

挙式の前に、哲司は改めて拓也に過去の非礼を詫びた。でも拓也は逆に、哲司に『あの時、反対してくれてありがとうございます』と、お礼を言っていた。

少し遠回りをしたからこそ、この幸せがあるのだからと。

「香苗、俺にあの日の約束を守らせてくれてありがとう」

涙を拭う香苗に、拓也が言う。

「今から写真を撮るのに、これ以上、泣かせないでください」

小さくはなをすする香苗が抗議すると、拓也が優しい声で「ごめん」と謝る。

その声にもまた、泣いてしまう。

「でも、約束を守ってくれて、ありがとうございます」

湧き上がる感情と折り合いをつけた香苗がお礼を言うと、拓也が香苗に手を差し出す。

香苗はその手を再び取って、両家の家族が集う場所へと向かった。

END

あとがき

はじめましての方も、お久しぶりですの方も、このたびは「冷酷元カレ救急医は契約婚という名の激愛で囲い込む」をお手に取っていただき、ありがとうございます。冬野まゆです。

今作は、ベリーズ文庫様では四作目。他社様を含めますと、書き下ろしで二十数作目にして、自身初めての職業ヒーローの物語でした。

お楽しみいただけたでしょうか？

今作、医療系ということで、疑問点も多く、書き始める前に実際に医療現場で働く人にあれこれお話を聞かせていただきました。

聞けば聞くほど「大変だな」「すごいな」って、感心と驚きがいっぱいで、本当に頭が下がります。

どんなにハードな時でも仕事を楽しむことを忘れない姿に、また頭が下がりました。

本当にありがとうございます。

LAKEANDMONSTER先生、素敵なカバーイラストをありがとうございます！　香苗も可愛いですが、拓也がキリリと男前で「格好いい！」と、はしゃいでいました。

また、担当様、校閲様、その他サポートをしてくださった方々のおかげで、今作を仕上げることができました。

いつもつたない私の作品を、世に出せるよう手助けをしてくださり本当にありがとうございます。また取り次ぎ様、書店様も本当にありがとうございます。

そして最後になりますが、本作を手に取ってくださった読者の皆様に、一番のお礼をお伝えしたいです。

改めて、今作に携わってくださったすべての方に心からの御礼申し上げます。

これからも素敵な恋のお話を書いていけるようがんばっていきますので、応援していただけるとうれしいです。

冬野《との》まゆ

冬野まゆ先生への
ファンレターのあて先

〒104-0031
東京都中央区京橋1-3-1
八重洲口大栄ビル7F
スターツ出版株式会社　書籍編集部　気付

冬野まゆ先生

本書へのご意見をお聞かせください

お買い上げいただき、ありがとうございます。
今後の編集の参考にさせていただきますので、
アンケートにお答えいただければ幸いです。

下記URLまたは二次元コードから
アンケートページへお入りください。
https://www.ozmall.co.jp/enquete/IndexTalkappi.aspx?id=2301

冷酷元カレ救急医は
契約婚という名の激愛で囲い込む

2025年5月10日　初版第1刷発行

著　者　冬野まゆ

発行人　菊地修一
デザイン　hive & co.,ltd.
校　正　株式会社文字工房燦光
発行所　スターツ出版株式会社
〒104-0031
東京都中央区京橋1-3-1　八重洲口大栄ビル7F
TEL　03-6202-0386（出版マーケティンググループ）
TEL　050-5538-5679（書店様向けご注文専用ダイヤル）
URL　https://starts-pub.jp/
印刷所　株式会社DNP出版プロダクツ

Printed in Japan

乱丁・落丁などの不良品はお取替えいたします。
上記出版マーケティンググループまでお問い合わせください。
定価はカバーに記載されています。

ISBN 978-4-8137-1743-0　C0193

ベリーズ文庫 2025年5月発売

『「絶対結婚しない」と言った天才脳外科医から溺愛プロポーズなんてありえません！』 滝井《たきい》みらん・著

学生時代からずっと忘れずにいた先輩である脳外科医・司に再会した雪。もう二度と会えないかも…と思った雪は衝撃的な告白をする！　そこから恋人のような関係になるが、雪は彼が自分なんかに本気になるわけないと考えていた。ところが「俺はお前しか愛せない」と溺愛溢れる司の独占欲を刻み込まれて…!?

ISBN978-4-8137-1738-6／定価847円（本体770円＋税10%）

『愛の極～冷徹公安警察は愛なき結婚で激情が溢れ出す～【極上の悪い男シリーズ】』 麻生《あそう》ミカリ・著

父の顔を知らず、母とふたりで生きてきた瑛奈。そんな母が病に倒れ、頼ることになったのは極道の組長だった父親。母を助けるため、将来有望な組の男・翔と政略結婚させられて!?　心を押し殺して結婚したはずが、翔の甘く優しい一面に惹かれていく。しかし実は翔は、組を潰すために潜入中の公安警察で…！

ISBN978-4-8137-1739-3／定価814円（本体740円＋税10%）

『冷血CEOにバツイチの私が愛されるわけがない～偽りの関係のはずが独占愛を貫かれて～』 未華空央《みはなそらお》・著

夫の浮気が原因で離婚した知花はある日、会社でも冷血無感情で有名なCEO・裕翔から呼び出される。彼からの突然の依頼は、縁談避けのための婚約者役!?　しかも知花の希望人事まで受け入れるようで…。知花は了承しニセの婚約者としての生活が始まるが、裕翔から向けられる視線は徐々に熱を帯びていき…！

ISBN978-4-8137-1740-9／定価814円（本体740円＋税10%）

『すれ違いだらけだった私たちが、最愛同士になれますか?～孤高のパイロットは不屈の溺愛でもう離さない～』 蓮美《はすみ》ちま・著

美咲が帰宅すると、同棲している恋人が元カノを連れ込んでいた。ショックで逃げ出し、兄が住むマンションに向かうと8年前の恋人でパイロットの大翔と再会！　美咲の事情を知った大翔は一時的な同居を提案する。過去、一方的に別れを告げた美咲だが、一途な大翔の容赦ない溺愛猛攻に陥落寸前に…!?

ISBN978-4-8137-1741-6／定価814円（本体740円＋税10%）

『迎えにきた強面消防士は双子とママに溺愛がダダ漏れです』 花木《はなき》きな・著

桃花が働く洋菓子店にコワモテ男性が来店。彼は昔遭った事故で助けてくれた消防士・橙吾だった。やがて情熱的な交際に発展。しかし彼の婚約者を名乗る女性が現れ、実は御曹司である橙吾とは釣り合わないと迫られる。やむなく身を引くが妊娠が発覚…！　すると別れたはずの橙吾が現れ激愛に捕まって…!?

ISBN978-4-8137-1742-3／定価825円（本体750円＋税10%）